LA GUERRA DE LOS MUNDOS

ALMA CLÁSICOS ILUSTRADOS

LA GUERRA DE LOS MUNDOS

H. G. WELLS

Traducción de Raquel Herrera

Ilustrado por
Pep Montserrat

Título original: *The War of the Worlds*

© de esta edición:
Editorial Alma
Anders Producciones S.L., 2023
www.editorialalma.com

 @almaeditorial

© de la traducción: Raquel Herrera, 2012
Traducción cedida por EDITORIAL RBA Libros

© de las ilustraciones: Pep Montserrat, 2023

Diseño de la colección: lookatcia.com
Diseño de cubierta: lookatcia.com
Maquetación y revisión: LocTeam, S.L.

ISBN: 978-84-19599-07-0
Depósito legal: B13401-2023

Impreso en España
Printed in Spain

Este libro contiene papel de color natural de alta calidad que no amarillea (deterioro por oxidación) con el paso del tiempo y proviene de bosques gestionados de manera sostenible.

ÍNDICE

Libro I

LA LLEGADA DE LOS MARCIANOS

Libro II

LA TIERRA DOMINADA POR LOS MARCIANOS

LIBRO I

LA LLEGADA DE LOS MARCIANOS

1
LA VÍSPERA DE LA GUERRA

Nadie habría creído, en los últimos años del siglo XIX, que este mundo estaba siendo observado minuciosa y atentamente por inteligencias superiores a la del hombre y no obstante tan mortales como la suya; que mientras los hombres se entretenían con sus diversas preocupaciones estaban siendo objeto de escrutinio y estudio, puede que tan exhaustivo como cuando se examinan en un microscopio las criaturas efímeras que se acumulan y multiplican en una gota de agua. Sumidos en una complacencia infinita, los hombres iban y venían por este planeta con sus pequeños asuntos, confiados en su dominio de la materia. Es posible que los infusorios vistos a través del microscopio hagan exactamente lo mismo. Nadie imaginaba que los mundos más antiguos del espacio fueran a suponer un peligro para la humanidad, y nadie se acordaba de ellos salvo para descartar la idea de que albergaran vida, considerándola imposible o improbable. Resulta curioso recordar algunos de los hábitos mentales de aquellos días pasados. Como mucho, los terrestres se imaginaban que quizá habría otros hombres en Marte, puede que inferiores a ellos y dispuestos a recibir una iniciativa misionera. Pero atravesando el abismo del espacio, mentes que son respecto a nuestras mentes como las nuestras respecto a las de las bestias perecederas, intelectos vastos, fríos e implacables, contemplaban este planeta con ojos envidiosos, y tramaban lenta y decididamente sus planes contra nosotros. Y a principios del siglo xx llegó la gran desilusión.

El planeta Marte, apenas necesito recordárselo al lector, gira alrededor del Sol a una distancia media de doscientos veinticinco mil millones de kilómetros, y la luz y el calor que reciben de él no son ni siquiera la mitad de los que recibe este mundo. Debe de ser, si la hipótesis nebular contiene algo de verdad, más antiguo que nuestro mundo, y la vida seguramente se inició en su superficie mucho antes de que la Tierra dejara de estar fundida. El hecho de que apenas tenga una séptima parte del volumen de la Tierra debió de acelerar su enfriamiento hasta una temperatura que permitiera que surgiese la vida. Posee aire, agua y todo lo necesario para permitir la existencia de seres vivos.

Pero el hombre es tan arrogante, y está tan cegado por su vanidad, que hasta el final del siglo xix ningún escritor expresó ninguna idea de que pudiera haberse desarrollado vida inteligente allí lejos, ni, de hecho, en cualquier otra parte, más allá del nivel terrestre. Ni se concibió que, dado que Marte es más antiguo que nuestro planeta, apenas posee una cuarta parte de su área de superficie y está más alejado del Sol, no solo se aleja más del inicio de la vida, sino que se aproxima a su fin.

El enfriamiento secular que algún día se extenderá por nuestro planeta ya ha llegado mucho más lejos en el planeta vecino. Su estado físico continúa siendo mayormente un misterio, pero ahora sabemos que incluso en la región ecuatorial la temperatura del mediodía apenas se aproxima a la de nuestro invierno más frío. Su aire está mucho más atenuado que el nuestro, sus océanos han disminuido hasta cubrir solamente un tercio de su superficie, y al cambiar las lentas estaciones se acumulan y funden enormes casquetes de nieve en cada polo que inundan periódicamente sus zonas templadas. Esa última fase de agotamiento, que aún nos resulta increíblemente lejana, se ha convertido en un problema actual para los habitantes de Marte. La presión inmediata de la necesidad ha fortalecido sus intelectos, ha hecho aumentar sus poderes y ha endurecido sus corazones. Y mirando el espacio con instrumentos e inteligencias con las que nosotros apenas hemos soñado, ven que lo más cercano, a tan solo cincuenta y seis millones de kilómetros en dirección al Sol, es una estrella matutina de esperanza, nuestro planeta, más cálido, verde de vegetación y gris de agua, cuya atmósfera nublada indica fertilidad, y atisban entre las volutas de nubes a la deriva amplios tramos de terreno populoso y mares estrechos y azulados.

Y nosotros, los hombres, las criaturas que habitamos este planeta, debemos de ser por lo menos tan extraños y humildes para ellos como los monos y lémures para nosotros. El lado intelectual del hombre admite que la vida es una lucha incesante por la existencia, y parecería que también es lo que creen las mentes de Marte. Su mundo lleva mucho tiempo enfriándose, y este mundo sigue lleno de vida, aunque solo lo habiten lo que ellos consideran animales inferiores. Llevar la guerra en dirección al Sol es, realmente, la única escapatoria que tienen ante la destrucción que generación tras generación se cierne sobre ellos.

Y antes de que los juzguemos con severidad excesiva debemos recordar lo implacable y profunda que ha sido la destrucción causada por nuestra propia especie, no solo de los animales, como el bisonte y el dodo, ya desaparecidos, sino también de sus razas inferiores. Pese a su aspecto humano, los tasmanos fueron totalmente erradicados en una guerra de exterminio que libraron los inmigrantes europeos en el transcurso de cincuenta años. ¿Nos consideramos tan apóstoles de la compasión que nos quejaríamos si los marcianos batallaran con idéntico espíritu?

Los marcianos parecen haber calculado su incursión con una sutileza increíble, pues su conocimiento matemático excede de manera evidente al nuestro, y han ejecutado sus preparativos con una unanimidad casi perfecta. Schiaparelli y otros hombres observaron el planeta rojo —resulta curioso, por cierto, que durante incontables siglos Marte haya sido la estrella de la guerra—, pero no lograron interpretar las apariciones fluctuantes de las señales que tan bien identificaron. Durante todo ese tiempo los marcianos tienen que haber estado preparándose.

En 1894, cuando la Tierra entró en posición con Marte, se vio una gran luz en la parte iluminada del planeta, primero la detectó el Observatorio Lick, luego Perrotin, de Niza, y más tarde otros observadores. Los lectores ingleses supieron de ella por primera vez en el número de *Nature* con fecha del 2 de agosto. Me inclino a pensar que ese destello pudo deberse a la fundición del enorme cañón, en el hoyo gigantesco de su planeta, desde donde nos dispararon. Se vieron unas marcas extrañas, todavía sin explicación, cerca del lugar de ese estallido durante las dos oposiciones siguientes.

La tormenta descargó sobre nosotros hace ahora seis años. Mientras Marte se acercaba a la oposición, Lavelle de Java puso en marcha el intercambio astronómico con la asombrosa revelación de un gran estallido de gas incandescente sobre el planeta. Había ocurrido hacia la medianoche del día 12, y el espectroscopio, al que recurrió de inmediato, indicó la presencia de una masa de gas llameante, básicamente hidrógeno, que se movía a una velocidad descomunal hacia la Tierra. Esa cola de fuego se volvió invisible a eso de las doce y cuarto. Él la comparó a una llamarada colosal que hubiera salido repentina y violentamente del planeta, «como gases llameantes disparados por una pistola».

La frase acabó resultando particularmente adecuada. Aun así, al día siguiente los periódicos no dijeron nada al respecto, a excepción de una breve nota en el *Daily Telegraph*, y el mundo siguió ignorando uno de los mayores peligros que ha amenazado jamás a la raza humana. Yo no habría sabido nada de la erupción si no me hubiera citado con Ogilvy, el famoso astrónomo, en Ottershaw. Él estaba tremendamente fascinado por lo sucedido, y llevado por el exceso de emociones me invitó a pasar la noche con él vigilando el planeta rojo.

A pesar de todo lo ocurrido desde entonces, aún recuerdo con claridad aquella noche de vigilancia: el observatorio negro y silencioso, el farol ensombrecido que proyectaba un brillo débil sobre el suelo de la esquina, el tictac constante del reloj del telescopio, la rendija del tejado, cuya profundidad oblonga estaba salpicada de polvo de estrellas. Ogilvy se movía por el lugar, invisible pero audible. Al mirar a través del telescopio se veía un círculo azul oscuro y el planeta pequeño y rojo flotando en el campo. Parecía muy menudo, brillante, pequeño y quieto; tenía unas rayas transversales apenas marcadas y estaba levemente aplanado, por lo que no formaba una redonda perfecta. ¡Era tan pequeño, tan cálido y plateado como la cabeza luminosa de un alfiler! Parecía que temblara, pero en realidad era el telescopio, que vibraba con la actividad del mecanismo de relojería que permitía ver el planeta.

Cuando lo miraba, el planeta parecía crecer y menguar y avanzar y retroceder, sin embargo, lo único que ocurría era que se me cansaba el ojo. Estaba a más de cincuenta millones de kilómetros de nosotros, a más de cincuenta millones de kilómetros de vacío. Pocas personas comprenden la inmensidad de la vacuidad en la que nada el polvo del universo material.

Recuerdo que cerca del planeta había tres débiles puntos de luz, tres estrellas telescópicas infinitamente lejanas, y lo rodeaba la oscuridad insondable del espacio vacío. Ya saben cómo se ve esa oscuridad en una gélida noche estrellada. En un telescopio todavía parece más profunda. Y me resultó invisible, porque estaba muy lejos, era muy pequeña, y volaba rápido y sin parar hacia mí cruzando esa distancia increíble, acercándose varios miles de kilómetros a cada minuto que pasaba: la llegada de la cosa que nos mandaban, la cosa que tantas luchas, desastres y muertes provocaría en la Tierra. Nunca me la imaginé mientras observaba la noche, nadie en la Tierra se imaginaba ese misil infalible.

Aquella noche, además, el planeta lejano volvió a expulsar un chorro de gas. Yo lo vi. Vi un relámpago rojizo en el borde, una protuberancia mínima en el contorno justo cuando el cronómetro alcanzaba la medianoche, y al verlo pedí a Ogilvy que ocupara mi lugar. La noche era cálida y yo tenía sed, de modo que salí, estirando las piernas con torpeza y avanzando a tientas en la oscuridad, hasta la mesita donde estaba el sifón, mientras Ogilvy se exclamaba ante el chorro de gas que salía disparado hacia nosotros.

Esa noche otro misil invisible empezó a dirigirse a la Tierra procedente de Marte, poco menos de veinticuatro horas después del primero. Recuerdo que me senté en la mesa a oscuras, y que veía retazos de verde y carmesí dando vueltas ante mis ojos. Deseé tener una luz junto a la que fumar, sin sospechar lo que significaba el brillo diminuto que había visto y todo lo que acabaría comportando para mí. Ogilvy estuvo observando hasta la una, entonces se rindió, encendimos el farol y fuimos caminando hasta su casa. Bajo la oscuridad estaban Ottershaw y Chertsey y todos los centenares de personas que vivían allí, durmiendo pacíficamente.

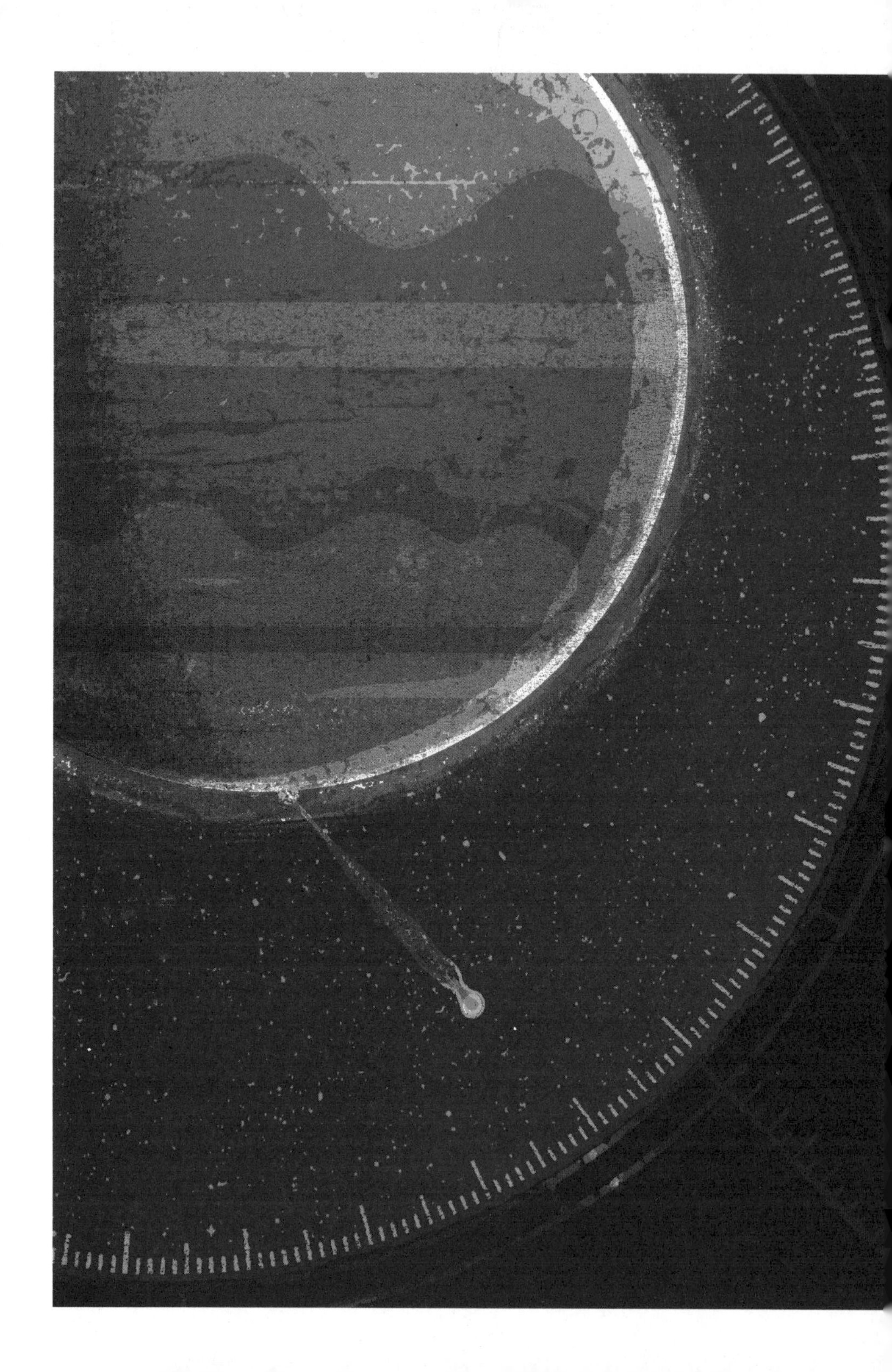

Aquella noche Ogilvy no dejó de especular sobre el estado de Marte, y se burló de la idea vulgar de que tuviera habitantes que nos habían estado haciendo señas. Su hipótesis era que debía de estar cayendo una fuerte lluvia de meteoritos sobre el planeta, o que estaba teniendo lugar una enorme explosión volcánica. Me señaló lo improbable que era que la evolución orgánica hubiera seguido el mismo camino en los dos planetas adyacentes.

—Las probabilidades en contra de que haya algún ser parecido al hombre en Marte son de una entre un millón —comentó.

Cientos de observadores vieron la llamarada aquella noche y la noche siguiente, después de la medianoche, y también la otra noche, y así durante diez noches seguidas, una llama cada noche. Nadie ha intentado explicar por qué los disparos cesaron tras la décima noche. Puede que los gases de los disparos causaran molestias a los marcianos. Densas nubes de humo o polvo, visibles desde la Tierra por medio de un potente telescopio como pequeños fragmentos grises fluctuantes, se extendieron por la claridad de la atmósfera del planeta y oscurecieron sus rasgos más conocidos.

Incluso los periódicos acabaron comentando por fin las perturbaciones, y aparecieron notas populares por aquí, por allá y por todas partes hablando de los volcanes que había en Marte. Recuerdo que *Punch,* una publicación entre seria y cómica, le dio un uso jocoso en su historieta política. Y, sin que nadie lo sospechara, aquellos misiles que los marcianos nos habían disparado se dirigían hacia la Tierra, corriendo a una velocidad de muchos kilómetros por segundo a través del abismo vacío del espacio, hora tras hora y día tras día, acercándose cada vez más. Ahora casi me maravillo al pensar que, ante el destino que se abalanzaba a toda velocidad hacia nosotros, los hombres pudieran continuar con sus insignificantes preocupaciones. Recuerdo lo exultante que estaba Markham tras conseguir una foto nueva del planeta para el periódico ilustrado que publicaba en aquella época. Por aquel entonces la gente apenas era consciente de la abundancia e iniciativa de nuestros periódicos del siglo XIX. Por mi parte, estaba ocupado aprendiendo a montar en bicicleta, y con una serie de artículos donde comentaba los posibles desarrollos de las ideas morales al avanzar la civilización.

Una noche (el primer misil debía de encontrarse entonces a menos de dieciséis mil millones de kilómetros) salí a dar un paseo con mi esposa. La noche estaba iluminada por las estrellas, y le expliqué los signos del zodíaco y le señalé Marte, un punto brillante de luz que se cernía sobre el cénit, hacia el cual se orientaban muchos telescopios. Era una noche cálida. Al volver a casa pasó por nuestro lado un grupo de excursionistas de Chertsey o Isleworth, cantando y tocando música. Había luces en las ventanas superiores de las casas, pues la gente se iba a dormir. De la estación del tren, a lo lejos, llegaba el ruido de los trenes cambiando de vía, resonando y retumbando, atenuado por la distancia hasta casi convertirse en una melodía. Mi esposa señaló el brillo de las luces rojas, verdes y amarillas de las señales recortadas contra el cielo. Todo parecía muy seguro y tranquilo.

2
LA ESTRELLA FUGAZ

Entonces llegó la noche de la primera estrella fugaz. La vieron temprano por la mañana sobrevolando Winchester a toda velocidad en dirección este, como una llamarada en lo alto de la atmósfera. Debieron de verla centenares de personas, y pensaron que era una estrella fugaz corriente. Albin contó que había dejado una estela verdosa que brilló durante varios segundos. Denning, nuestra mayor autoridad en el tema de los meteoritos, afirmó que cuando la vieron por primera vez se hallaba a ciento cincuenta o ciento sesenta kilómetros. Le pareció que caía en la tierra ciento sesenta kilómetros al este de donde él se encontraba. A esa hora yo estaba en casa escribiendo en mi estudio, y aunque mis cristaleras dan a Ottershaw y tenía la persiana subida (porque en aquella época me gustaba alzar la vista hacia el cielo nocturno), no vi nada. No obstante, la cosa más extraña que ha llegado nunca a la Tierra procedente del espacio exterior debió de caer mientras estaba ahí sentado, y la habría visto con solo levantar la vista cuando pasó. Algunos de los que la vieron volar dicen que se desplazaba silbando, pero yo no oí nada. Mucha gente de Berkshire, Surrey y Middlesex debió de verla caer, y como mucho pensaron que había caído otro meteorito.

Nadie pareció preocuparse por buscar la masa caída aquella noche. Sin embargo, por la mañana temprano, el pobre Ogilvy, que había visto la estrella fugaz y estaba convencido de que había un meteorito caído en alguna parte entre Horsell, Ottershaw y Woking, madrugó con la idea de encontrarlo. Y sí que lo encontró, poco después de romper el día, y no muy lejos de los arenales. El impacto del proyectil hizo un agujero enorme, y la arena y la grava salieron disparadas con tanta violencia que formaron unos montones visibles a casi tres kilómetros de distancia. El monte se incendió hacia el este, y un humo fino y azulado se alzó recortado contra el amanecer.

La cosa en sí estaba prácticamente enterrada en la arena, entre las astillas desperdigadas de un abeto que había destrozado al caer. La parte descubierta parecía un cilindro enorme, cubierto de polvo y con el contorno desdibujado por una costra gruesa y escamosa de color pardo. Tenía un diámetro de casi treinta metros. Ogilvy se acercó a la masa, sorprendido de su tamaño y mucho más de su forma, dado que la mayoría de los meteoritos son más o menos redondos. Seguía, no obstante, tan caliente debido al vuelo por los aires que no era posible acercarse mucho. Atribuyó el ruido de movimiento que se oía dentro del cilindro a que su superficie se estaba enfriando de un modo desigual, porque no se le había ocurrido que pudiera estar hueco.

Permaneció de pie al borde del hoyo que había perforado aquella cosa, mirando su extraño aspecto, perplejo sobre todo por su inusual forma y color; ya entonces intuía que su llegada estaba planificada. El amanecer era increíblemente tranquilo, y el sol, que acababa de atravesar los abetos en dirección a Weybridge, ya calentaba. Ogilvy no recuerda haber oído pájaros aquella mañana, desde luego no se agitaba ninguna brisa, y los únicos ruidos eran los débiles movimientos provenientes del interior del cilindro carbonizado. Ogilvy estaba completamente solo.

Entonces se percató, sobresaltado, de que parte de la escoria gris, de la costra carbonizada que cubría el meteorito, se estaba desprendido del borde circular del extremo. Caía en laminillas en la arena. De repente cayó un trozo grande con un ruido brusco que le puso el corazón en un puño.

Durante un minuto no supo qué significaba, y, aunque hacía demasiado calor, descendió al hoyo y se acercó al bulto para ver aquella cosa con más claridad. Incluso entonces le pareció que el enfriamiento del cuerpo podía explicar lo que estaba sucediendo, pero lo que le hacía cuestionar esa conjetura era el hecho de que la ceniza solo caía por el extremo del cilindro.

Y en aquel momento se dio cuenta de que, muy lentamente, la parte superior circular del cilindro estaba rotando. Era un movimiento tan gradual que no lo advirtió hasta que se fijó en que una marca negra que le quedaba cerca hacía cinco minutos ahora estaba al otro lado de la circunferencia. Ni siquiera entonces entendió qué significaba, hasta que oyó un chirrido amortiguado y vio que la marca negra avanzaba más de dos centímetros. De pronto lo vio claro. El cilindro era artificial, hueco, ¡y tenía un extremo que se desenroscaba! ¡Dentro del cilindro había algo que estaba desenroscando la parte superior!

—¡Santo cielo! —exclamó Ogilvy—. ¡Hay un hombre ahí dentro, hay hombres dentro! ¡Medio quemados! ¡Intentan escapar!

Y con una rápida conexión mental su mente lo vinculó de inmediato al fogonazo sobre Marte.

Le parecía tan terrible que hubiera una criatura confinada que se olvidó del calor y se acercó al cilindro para ayudarlo a girar, pero por fortuna la radiación mate lo frenó antes de que llegara a quemarse las manos con el metal. Se quedó indeciso un instante hasta que se volvió, salió a gatas del hoyo y corrió como un loco hasta Woking. Debían de ser las seis de la mañana. Se encontró con un carretero y trató de explicárselo, pero tanto la historia que le contó como su aspecto eran tan alocados —el sombrero se le había caído en el hoyo— que el carretero siguió adelante sin más. Tampoco consiguió nada con el muchacho que estaba abriendo las puertas del bar junto al puente de Horsell. El tipo creyó que era un lunático suelto, e intentó sin éxito encerrarlo en el bar. Eso le hizo serenarse un poco, y cuando vio a Henderson, el periodista londinense, en su jardín, gritó a través de la valla y consiguió hacerse entender.

—¡Henderson! —llamó—, ¿vio la estrella fugaz anoche?

—¿Y bien? —replicó Henderson.

—Está en Horsell Common.

—¡Dios bendito, un meteorito caído! ¡Eso es fantástico!

—Pero es algo más que un meteorito. Es un cilindro... ¡un cilindro artificial, caballero! Y hay algo dentro.

Henderson se puso en pie con la pala en una mano.

—¿Y qué es? —preguntó.

Estaba sordo de un oído.

Ogilvy le explicó todo lo que había visto. Henderson tardó un minuto en asimilarlo, dejó caer la pala, agarró su chaqueta y salió a la calle. Los dos hombres volvieron a toda prisa al campo comunal y hallaron el cilindro en la misma posición. Pero los ruidos habían cesado, y se veía un fino círculo de metal brillante entre la parte superior y el cuerpo del cilindro. El aire entraba o salía del borde con un ruido leve, como un chisporroteo.

Los hombres escucharon, dieron unos golpecitos en el metal quemado y escamoso con un palito, y al no recibir respuesta ambos concluyeron que el hombre u hombres del interior debían de estar inconscientes o muertos.

Claro que ninguno de los dos fue capaz de hacer nada. Gritaron palabras de consuelo y promesas, y volvieron a la ciudad para buscar ayuda. Uno se los imagina cubiertos de arena, agitados y trastornados, recorriendo la callejuela bajo la brillante luz del sol mientras los comerciantes abrían sus negocios y la gente, las ventanas de sus dormitorios. Henderson se dirigió de inmediato a la estación de tren para telegrafiar la noticia a Londres. Los artículos del periódico habían preparado las mentes de los hombres para recibir esa idea.

Para cuando dieron las ocho varios muchachos y hombres desempleados habían empezado a dirigirse al campo comunal para ver a los «muertos de Marte». Esa fue la forma que adoptó la historia. Me la contó por primera vez el chico que me vendía el periódico, a eso de las nueve menos cuarto, cuando salí a buscar mi *Daily Chronicle.* Me quedé perplejo, por supuesto, y no tardé en salir y cruzar el puente de Ottershaw hacia los arenales.

3
EN HORSELL COMMON

Me encontré a un grupito de unas veinte personas rodeando el enorme agujero donde se hallaba el cilindro. Ya he descrito el aspecto de aquella mole colosal enterrada en el suelo. A su alrededor el césped y la grava parecían chamuscados, como si hubiera habido una explosión repentina. Sin duda había provocado una llamarada al impactar. Henderson y Ogilvy no estaban allí. Creo que entendieron que por el momento no se podía hacer nada, y se fueron a desayunar a casa de Henderson.

Había cuatro o cinco chavales sentados en el borde del hoyo, con los pies colgando, que hasta que los hice parar se divertían arrojando piedras a la masa gigante. Cuando los reñí se pusieron a jugar al «tú la llevas», saliendo y entrando del grupo de los que miraban.

Entre ellos había un par de ciclistas, un jardinero al que yo a veces contrataba, una chica que llevaba un bebé, Gregg, el carnicero, y su niñito, y dos o tres vagos y *caddies* de golf que acostumbraban a merodear por la estación de tren. Se hablaba poco. Muy pocas personas corrientes en la Inglaterra de entonces tenían la menor idea de astronomía. La mayoría de ellas miraban en silencio el extremo del cilindro, grande y parecido a una mesa, que seguía como Ogilvy y Henderson lo habían dejado. Creo que la expectación popular que suscitaban un montón de cuerpos chamuscados se vino abajo al ver el bulto inanimado. Algunos se marcharon mientras yo estaba allí, y vinieron otros. Me metí en el hoyo y me pareció oír un movimiento débil bajo los pies. La verdad es que la parte superior había dejado de rotar.

Hasta que no me acerqué más no me percaté de lo extraño que era aquel objeto. A simple vista no resultaba más apasionante que un carruaje volcado o un árbol caído cruzados en la carretera. Y ni siquiera eso. Parecía un faro oxidado. Se precisaban ciertos conocimientos científicos para comprender que las escamas grises de aquella cosa no eran de óxido común, que el metal de color blanco amarillento que brillaba en la rendija abierta entre la tapa y el cilindro poseía un tono desconocido. «Extraterrestre» era una palabra sin sentido para la mayoría de los curiosos.

En ese momento tenía bastante claro que aquella cosa procedía del planeta Marte, pero me pareció improbable que contuviera un ser vivo. Pensé que se había desenroscado automáticamente. A diferencia de Ogilvy, yo aún creía que había hombres en Marte. Mi mente iba saltando sin cesar entre el potencial del manuscrito que contuviera, las dificultades que podían plantearse al traducirlo, la posibilidad de encontrar monedas y maquetas dentro, y otros temas similares, pues era un objeto demasiado grande para convencerme de que iba vacío. Estaba impaciente por verlo abierto. A eso de las once, como parecía que no ocurría nada, volví a mi casa, en Maybury, sumido en tales pensamientos, pero me costó ponerme a trabajar en mis investigaciones abstractas. Por la tarde el aspecto del campo comunal se había modificado mucho. Las primeras ediciones de los periódicos de la tarde habían sorprendido a Londres con enormes titulares como este:

UN MENSAJE RECIBIDO DE MARTE

UNA HISTORIA EXTRAORDINARIA EN WOKING

Además, el telegrama que había mandado Ogilvy al *Astronomical Exchange* había despertado a todos los observatorios de los tres reinos.

Más de media docena de los carruajes de la estación de Woking estaban apostados en la carretera junto a los arenales; había también un carruaje ligero de Chobham y otro bastante señorial. A ellos se sumaban numerosas bicicletas. Aparte, mucha gente debía de haber ido caminando, pese al calor que hacía aquel día, de Woking a Chertsey, así que en conjunto se había formado un grupo considerable, en el que se distinguían una o dos damas con vestidos muy alegres.

El calor era sofocante, en el cielo no había ni una nube y no corría ni la más leve brisa, y la única sombra era la de unos pocos pinos desperdigados. Se había extinguido el incendio del brezo, pero hacia Ottershaw la llanura estaba ennegrecida hasta donde alcanzaba la vista, y aún salían remolinos verticales de humo. Un emprendedor vendedor de golosinas de la carretera de Chobham había enviado a su hijo con un montón de manzanas verdes y cerveza de jengibre.

Al acercarme al borde del hoyo, hallé el agujero ocupado por un grupo de media docena de hombres: Henderson, Ogilvy y un hombre alto y rubio que después supe que era Stent, el astrónomo real, con diversos trabajadores que blandían palas y hachas. Stent daba indicaciones en tono agudo y claro. Estaba subido al cilindro, que evidentemente se había enfriado mucho, tenía el rostro enrojecido y no dejaba de sudar, y parecía irritado por algo.

Gran parte del cilindro había quedado al descubierto, aunque el extremo inferior seguía sepultado. En cuanto Ogilvy me vio entre la multitud que miraba en el borde del hoyo me llamó para que bajara, y me preguntó si me importaría ir a ver a lord Hilton, el dueño del lugar.

Me comentó que la creciente multitud se estaba convirtiendo en un impedimento grave para sus excavaciones, sobre todo los chicos. Quería que levantaran una verja ligera, y ayuda para mantener a la gente apartada. Me dijo que aún se oía un leve movimiento dentro del cilindro, pero que los trabajadores no habían logrado desenroscar la parte de arriba porque no sabían por dónde agarrarlo. Parecía enormemente grueso, y es posible que el rumor que oíamos fuera un ruidoso tumulto en el interior.

Estaba más que dispuesto a hacer lo que me pedía, para convertirme así en uno de los espectadores privilegiados dentro del cercado que contaban con levantar. No hallé a lord Hilton en su casa, pero me dijeron que esperaban que llegara de Londres en el tren de las seis, que venía de Waterloo, y como entonces eran las cinco y cuarto, me fui a casa, tomé un poco de té y salí caminando hacia la estación para abordarlo.

4
EL CILINDRO SE ABRE

Cuando volví al campo comunal se estaba poniendo el sol. Había grupos por aquí y por allá que se acercaban a toda prisa desde Woking, y una o dos personas que volvían. La multitud que rodeaba el hoyo había aumentado, y resaltaba, oscura, en contraste con el cielo amarillo limón. Puede que fueran dos centenares de personas. Algunos alzaban la voz, y parecía que había algún tipo de pelea en el hoyo. Por un instante me imaginé cosas extrañas. Al acercarme oí la voz de Stent:

—¡Apártense, apártense!

Un chico se me acercó corriendo.

—¡Se mueve! —me dijo al pasar—. ¡Se está soltando, se está soltando! No me gusta. Me voy a casa, me voy.

Me acerqué a la multitud. Diría que había doscientas o trescientas personas dándose codazos y empujándose las unas a las otras, y el par de damas presentes no eran para nada las menos activas.

—¡Ha caído en el pozo! —gritó alguien.

—¡Apártense! —ordenaron varios.

La multitud se balanceó un poco y yo me abrí paso a codazos. Todos parecían muy excitados. Oí un zumbido peculiar procedente del hoyo.

—¡Digo que mantengan a esos idiotas apartados! —bramó Ogilvy—. No sabemos qué hay en esa maldita cosa, ¿está claro?

Vi a un hombre joven, un dependiente de Woking creo que era, subido al cilindro y tratando de salir como pudiera del agujero. La multitud lo había empujado hasta abajo.

El extremo del cilindro se estaba desenroscando desde dentro. Sobresalía más de medio metro de rosca brillante. Alguien chocó contra mí, y por poco me caigo sobre la parte superior de la rosca. Me volví, y entonces la rosca debió de soltarse, pues la tapa del cilindro cayó provocando una sonora conmoción en la grava. Le clavé el codo a la persona que tenía detrás, y volví a mirar otra vez hacia aquella cosa. Por un instante aquella cavidad circular me pareció negra del todo. El sol me daba en los ojos.

Creo que todos esperaban que saliera un hombre, que seguramente no se parecería a nosotros, los terrestres, pero que en esencia sería un hombre. Sé que yo sí esperaba eso. En cambio, cuando miré, vi algo grisáceo que se movía en la sombra, ondulando a varias alturas, y luego dos discos luminosos, como si fueran ojos. Entonces vi una cosa parecida a una serpiente gris pequeña, del grosor de un bastón, que se enroscaba y desenroscaba a partir de la parte que se estremecía, y que se retorcía en el aire en dirección hacia mí, y luego otra. De repente sentí un escalofrío. Una mujer que tenía detrás soltó un grito estridente. Medio me volví, con los ojos fijos aún en el cilindro, del que estaban saliendo otros tentáculos, y empecé a abrirme paso para alejarme del borde del hoyo. Vi que la perplejidad daba paso al horror en los rostros de la gente que me rodeaba. Oí exclamaciones inarticuladas por todos lados. Se produjo un retroceso generalizado hacia atrás. Vi al dependiente esforzándose aún por salir del borde del hoyo. Me encontré solo, y vi que la gente del otro lado del agujero echaba a correr, Stent entre ellos. Volví a mirar el cilindro y un terror incontrolable se apoderó de mí. Me quedé petrificado.

Un bulto grisáceo grande y redondeado, del tamaño de un oso, quizá, se alzaba lentamente y salía a rastras del cilindro. Al asomarse y darle la luz resplandeció como el cuero mojado.

Dos ojos grandes y oscuros me miraban fijamente. La masa que los rodeaba, la cabeza de aquella cosa, era redonda, y tenía cara, por llamarla de alguna manera. Bajo los ojos había una boca, cuyo borde, sin labios, temblaba, jadeaba y salivaba. Toda la criatura respiraba y palpitaba convulsivamente. Un apéndice tentacular alargado se agarraba al borde del cilindro mientras el otro se balanceaba por los aires.

Los que nunca han visto un marciano vivo apenas pueden imaginarse el extraño horror de su apariencia. La boca peculiar en forma de V con el labio superior levantado, la ausencia de arrugas en la frente, la falta de mentón bajo el labio inferior —que parecía una cuña—, el temblor incesante de la boca, los conjuntos de tentáculos propios de una gorgona, la respiración agitada de los pulmones en una atmósfera extraña, la pesadez del movimiento, sin duda doloroso debido a la mayor energía gravitacional de la Tierra, y por encima de todo, la intensidad extraordinaria de los ojos inmensos hacía que resultase vital, intenso, inhumano, defectuoso y monstruoso al mismo tiempo. La piel marrón y aceitosa recordaba a los hongos y la parsimonia torpe de sus gestos pesados resultaba terriblemente desagradable. Ya en ese primer encuentro, cuando los vi por primera vez, me dominaron el asco y el terror.

De repente el monstruo se desvaneció. Perdió el equilibro en el borde del cilindro y cayó en el hoyo, con un golpe sordo, como si cayera una gran masa de cuero. Oí que emitía un grito fuerte y peculiar, y de inmediato otra de esas criaturas apareció, oscura, en la sombra profunda de la abertura.

Me volví y corrí como un loco hasta alcanzar el primer grupo de árboles, puede que a un centenar de metros de distancia, pero corría ladeado, tropezando, pues no podía apartar la cara de aquellas cosas. Me detuve entre unos pinos jóvenes y unos tojos, jadeando, y esperé a ver qué ocurría. Había mucha gente repartida por el terreno que rodeaba los areneros, y que estaba tan fascinada y aterrorizada como yo, por lo que miraba a las criaturas, o más bien la grava del borde del hoyo donde se encontraban. Y entonces me inundó de nuevo el terror al ver un objeto redondo negro cabeceando en aquel borde. Era la cabeza del dependiente que se había caído, pero parecía un objeto pequeño y negro recortado contra el cálido cielo de poniente. Consiguió levantar el hombro y la rodilla, pero luego volvió a resbalar hasta que solo se le vio la cabeza. De repente desapareció, y creí oír un débil chillido. Tuve el impulso momentáneo de volver a ayudarle, que mis miedos se encargaron de frenarme.

El hoyo profundo y los montones de arena que había perforado el cilindro en su caída ya no permitían ver casi nada. Cualquiera que viniera por la carretera procedente de Chobham o Woking se habría quedado atónito ante aquella escena: una multitud menguante, de un centenar de personas o más, formando un gran círculo irregular en zanjas, detrás de arbustos, verjas y setos, sin apenas hablar entre ellos y comunicándose solo con gritos breves y excitados, mientras miraban fijamente unos cuantos montones de arena. La carretilla con cerveza de jengibre permanecía en pie, extrañamente abandonada, negra contra el cielo ardiente, y en los areneros había una fila de vehículos vacíos cuyos caballos se alimentaban de los morrales o piafaban el suelo.

5
EL RAYO DE CALOR

Tras ver a los marcianos salir del cilindro en el que habían llegado a la Tierra procedentes de su planeta, una especie de fascinación me paralizó y me impidió actuar. Permanecí hundido hasta las rodillas en el brezo, mirando fijamente el montículo que los ocultaba. Me debatía entre el miedo y la curiosidad.

No me atrevía a volver al hoyo, pero ansiaba volver a mirar en su interior. Así que empecé a caminar, describiendo una gran curva, en busca de un punto estratégico para poder observar, mientras no dejaba de mirar hacia los montones de arena que ocultaban a los recién llegados a nuestro planeta. En una ocasión, una correa de látigos negros finos, como los brazos de un pulpo, atravesó la puesta de sol y se retiró de inmediato, y a continuación se alzó una vara fina, desplegándose, en cuyo ápice llevaba un disco circular que giraba bamboleándose. ¿Qué podría estar pasando allí?

La mayoría de los espectadores se habían reunido en uno o dos grupos: un grupito pequeño orientado hacia Woking, y el otro era un puñado de gente que iba hacia Chobham. Era evidente que compartían mis dudas. Tenía a algunos cerca. Me acerqué y abordé a un hombre que me di cuenta de que era vecino mío, aunque no sabía cómo se llamaba. Pero no era el momento de entablar conversación.

—¡Qué bestias tan horribles! —exclamó—. ¡Dios mío! ¡Qué bestias tan horribles! —repetía una y otra vez.

—¿Ha visto a un hombre en el hoyo? —le pregunté, pero no me respondió.

Nos quedamos en silencio, y estuvimos un rato mirando el uno junto al otro; nos consolaba un poco, me parece, nuestra mutua compañía. Entonces me desplacé hasta un montículo pequeño que me permitía mirar desde una elevación de casi un metro, y cuando lo busqué ya se había marchado hacia Woking.

El crepúsculo se convirtió en penumbra sin que ocurriera nada más. La multitud lejana de la izquierda, la que iba a Woking, pareció aumentar, y entonces oí un murmullo débil procedente de allí. El grupito de gente que iba hacia Chobham se dispersó. No había indicios de movimiento en el hoyo.

Parece que eso fue lo que dio coraje a la gente, y supongo que los que acababan de llegar de Woking también contribuyeron a que se recobrara la confianza. En cualquier caso, al anochecer se inició un movimiento lento e intermitente en los arenales, un movimiento que parecía cobrar fuerza mientras la quietud de la noche permanecía inquebrantable en torno al cilindro. Unas figuras negras verticales avanzaban en grupos de dos o tres, se detenían, miraban y volvían a avanzar, repartiéndose en una media luna fina e irregular que parecía que iba a rodear el hoyo por las partes menos prominentes. Yo también empecé a dirigirme hacia el hoyo.

Entonces vi a unos cocheros y a otra gente que habían entrado valientemente en los arenales, y oí el chacoloteo de cascos y el rechinar de ruedas. Vi a un muchacho cargando pesadamente la carretilla de manzanas. Y en aquel momento, a menos de treinta metros del hoyo, detecté a un grupito negro de hombres, el primero de los cuales ondeaba una bandera blanca, avanzando procedente del lado de Horsell.

Formaban la delegación. Se había hecho una consulta rápida, y dado que los marcianos, a pesar de sus formas repulsivas, eran criaturas inteligentes, habían decidido demostrarles, al acercarse a ellos con una bandera de señales, que también éramos inteligentes.

La bandera se agitaba en el aire, primero hacia la derecha y luego hacia la izquierda. Me quedaban demasiado lejos para reconocer a nadie, pero luego supe que Ogilvy, Stent y Henderson iban con ellos para intentar comunicarse. Al avanzar, este grupito arrastró hacia dentro, por decirlo de alguna manera, la circunferencia del círculo de gente, ahora casi cerrado, y varias figuras negras apenas distinguibles lo siguieron a cierta distancia.

De repente se produjo un destello de luz, y una humareda verdosa resplandeciente salió del hoyo en tres ráfagas, que ascendieron, una tras otra, directamente hacia el aire inmóvil.

Este humo (quizá «llama» sería una palabra mejor para describirlo) era tan brillante que el cielo azul intenso y las extensiones brumosas de tierra marrón hacia Chertsey, cubiertas de pinos negros, parecieron oscurecerse abruptamente cuando brotó y seguir a oscuras tras dispersarse. Al mismo tiempo empezó a oírse un silbido débil.

Más allá del hoyo se encontraba el grupito de gente con la bandera blanca al frente, que se habían detenido por lo que estaba sucediendo, y formaban una caravana de pequeñas figuras negras verticales sobre el terreno negro. Cuando se alzó el humo verde, sus rostros se iluminaron en verde pálido, y volvieron a oscurecerse cuando se disipó. Entonces, lentamente, el silbido se fue convirtiendo en zumbido, en un zumbido largo y fuerte. Una figura encorvada empezó a salir despacio del hoyo, y el rastro de un rayo de luz pareció parpadear procedente de ella.

De inmediato unos destellos de llamas reales salieron disparados del grupo de hombres desperdigados, con un resplandor que saltaba de uno a otro. Era como si un rayo invisible los atacara y produjera llamas blancas. Era como si, repentina y momentáneamente, cada hombre se incendiara.

Entonces, a la luz de su propia destrucción, los vi tambalearse y caer, y los que los acompañaban se volvían para echar a correr.

Me quedé mirando, pues aún no comprendía que en aquel grupito distante la muerte saltaba de un hombre a otro. Lo único que pensaba era que se trataba de algo muy extraño. Vi un destello casi silencioso y cegador, y un hombre cayó de cabeza y se quedó inmóvil; al atravesarlos el rayo invisible de calor, los pinos se incendiaron, y todos y cada uno de los tojos secos quedaron

envueltos en llamas con un solo golpe sordo. A lo lejos, hacia Knaphill, vi los destellos de árboles y setos y casas de madera que de repente ardían.

Esta muerte llameante, esta espada invisible e inevitable de calor se estaba extendiendo rápidamente y sin pausa. Noté que se me acercaba por los arbustos, que ardían al alcanzarlos, y estaba demasiado atónito y estupefacto para moverme. Oí el chisporroteo del fuego en los arenales y el chillido repentino de un caballo que se había quedado igual de estupefacto. Entonces fue como si un dedo invisible aunque muy caliente se introdujera a través del brezo entre los marcianos y yo, y, formando una línea curva más allá de los arenales, la tierra oscura humeaba y crepitaba. Algo cayó con estrépito muy lejos, a la izquierda, donde la carretera de la estación de Woking se abre hacia el campo comunal. De inmediato cesaron los silbidos y zumbidos, y el objeto negro y abovedado se hundió lentamente hasta desaparecer en el hoyo.

Todo esto ocurrió con tanta rapidez que yo me quedé paralizado, anonadado y deslumbrado por los destellos de luz. Si la muerte hubiera descrito un círculo entero, se me habría llevado aprovechando mi sorpresa. Pero pasó y me perdonó la vida, y la noche que me rodeaba se volvió de repente oscura y desconocida.

Ahora el lóbrego terreno ondulante parecía casi negro, a excepción de donde las calzadas se veían grises y pálidas bajo el sombrío azul del cielo oscurecido. Se había hecho de noche y, de repente, no había nadie. En lo alto las estrellas se iban reuniendo, y al oeste el cielo seguía pálido, luminoso, de un azul casi verdoso. Las copas de los pinos y los tejados de Horsell se veían definidos y negros en contraste con el arrebol occidental. Los marcianos y sus aparatos resultaban totalmente invisibles, a excepción del débil mástil sobre el que se agitaba su espejo bamboleante. Había fragmentos de arbustos y árboles aislados que aún humeaban y brillaban, y las casas en dirección a la estación de Woking enviaban lenguas de llamas hacia la quietud del aire nocturno.

Nada había cambiado a excepción de todo eso y de una estupefacción terrible. El grupito de puntos negros con bandera había sido exterminado, pero me pareció que la calma de la noche apenas se había perturbado.

Me di cuenta de que me hallaba en aquel terreno oscuro indefenso, desprotegido y solo. De repente, como si me hubiera caído encima, me sobrevino el miedo.

Me volví con esfuerzo y empecé a correr a tientas a través del brezo.

El miedo que sentía no era racional, sino pánico y terror no solo por los marcianos, sino también por el crepúsculo y la quietud que me rodeaban. Llegó a amedrentarme tanto que corría llorando en silencio, como un niño. En cuanto me volví no me atreví a mirar atrás.

Recuerdo el convencimiento absoluto de que jugaban conmigo, de que en ese momento, justo antes de ponerme a salvo, aquella muerte misteriosa se abalanzaría sobre mí, tan rápida como un rayo de luz, desde el hoyo que rodeaba el cilindro, y que me derribaría.

6

EL RAYO DE CALOR EN LA CARRETERA DE CHOBHAM

Aún me maravilla cómo los marcianos pudieron acabar con los hombres tan rápida y silenciosamente. Muchos piensan que de algún modo lograron generar un calor intenso en una cámara donde prácticamente no había conductividad. Y lo proyectaban en un rayo paralelo contra cualquier objeto gracias a un espejo parabólico pulido cuya composición se desconoce, tal como el espejo parabólico de un faro proyecta un haz de luz. Sin embargo, nadie ha sido capaz de demostrar todos estos detalles. Lo hicieran como lo hicieran, lo que es seguro es que todo se basaba en un rayo de calor. Calor, y una luz invisible en lugar de visible. Cualquier cosa combustible se inflama al entrar en contacto con él: el plomo corre como el agua; el rayo ablanda el hierro, resquebraja y funde el cristal, y al tocar el agua explota precipitadamente y se vaporiza.

Aquella noche casi cuarenta personas yacían bajo la luz de las estrellas en torno al hoyo, carbonizadas y deformadas hasta quedar irreconocibles, y durante toda la noche el campo entre Horsell y Maybury quedó desierto e iluminado por las llamas.

La noticia de la matanza debió de llegar a Chobham, Woking y Ottershaw al mismo tiempo. En Woking las tiendas cerraron cuando sucedió la tragedia, y varias personas, tenderos y demás, atraídas por las historias que habían oído, cruzaron el puente de Horsell y la carretera que discurre entre los setos hasta el campo comunal. Pueden imaginarse a los jóvenes acicalados tras terminar el trabajo del día, que aprovecharon la novedad, igual que harían con cualquier otra, como excusa para caminar juntos y disfrutar de un flirteo trivial. Pueden imaginarse el murmullo de voces por la carretera en el ocaso...

Claro que para entonces en Woking poca gente sabía que el cilindro se había abierto, aunque el pobre Henderson envió a un mensajero en bicicleta a la oficina de correos con un telegrama especial para el periódico de la noche.

Cuando llegaron estos muchachos en grupos de dos y tres, se encontraron con grupitos de gente que hablaba excitada y miraba hacia el espejo giratorio sobre los arenales, y los recién llegados no tardaron, sin duda, en contagiarse del entusiasmo por lo que estaba ocurriendo.

Hacia las ocho y media, cuando la delegación quedó destruida, puede que hubiera una muchedumbre de más de trescientas personas en aquel lugar, sin contar a los que se habían salido de la carretera para aproximarse a los marcianos. También había tres policías, uno de ellos montado, que se esforzaban, siguiendo las instrucciones de Stent, por mantener a la gente apartada y disuadirla de que se aproximara al cilindro. Hubo ciertos abucheos por parte de los más irreflexivos y excitables, para quienes una multitud siempre supone una ocasión para armar ruido y hacer payasadas.

Anticipándose a posibles enfrentamientos, en cuanto salieron los marcianos, Stent y Ogilvy habían telegrafiado al cuartel desde Horsell pidiendo una compañía de soldados para ayudar a proteger a estas extrañas criaturas de la violencia. Después volvieron para liderar el avance infortunado. La descripción de su muerte, tal y como la presenció la multitud, se aproxima mucho a mis propias impresiones: tres bocanadas de humo verde, un zumbido intenso y llamaradas.

No obstante, aquella multitud se salvó de manera todavía más milagrosa que yo, pues un montículo de arena cubierto de brezo obstaculizó el paso inferior del rayo de calor. Si el espejo parabólico se hubiera alzado unos pocos metros más, no habría sobrevivido nadie para contar la historia. Vieron los destellos y a los hombres caer, y una mano invisible, por así llamarla, que prendía los arbustos mientras corría hacia ellos a través del crepúsculo. Y entonces, emitiendo un silbido que se alzó por encima del zumbido del hoyo, el rayo pasó rozando por encima de nuestras cabezas, iluminó las copas de las hayas que bordeaban la carretera, partió los ladrillos, destrozó las ventanas, prendió fuego a sus marcos y derribó parte del aguilón de la casa más cercana a la esquina.

Ante el ruido sordo y repentino, el silbido y el resplandor de los árboles inflamados, parece que la multitud presa del pánico vaciló unos instantes. Empezaron a caer chispas y ramitas ardiendo en la carretera, y hojas sueltas en llamas. Los sombreros y vestidos se incendiaron. Entonces se oyó un grito procedente del campo comunal. Se oyeron más gritos y chillidos, y de repente un policía montado se acercó galopando entre la confusión agarrándose la cabeza con las manos, gritando.

—¡Que vienen! —chilló una mujer, y todos se volvieron precipitadamente y empujaron a los que quedaban detrás para despejar el camino de vuelta a Woking.

Debieron de salir disparados y a ciegas como un rebaño de ovejas. Donde la carretera se estrecha y oscurece entre los terraplenes altos la multitud quedó atascada, y se produjo una lucha desesperada. No todos lograron escapar; tres personas al menos, dos mujeres y un niñito, quedaron aplastadas y pisoteadas, y allí las dejaron morir entre el terror y la oscuridad.

7
CÓMO LLEGUÉ A CASA

Por mi parte, no recuerdo nada de mi huida excepto la tensión de chocar contra los árboles y atravesar el brezo a trompicones. Todo lo que me rodeaba reproducía los terrores invisibles de los marcianos: la espada implacable de calor parecía arremolinarse por todas partes, agitarse por encima de mi cabeza antes de descender, golpearme y arrebatarme la vida. Llegué a la carretera entre el cruce y Horsell, y corrí por ella hasta el cruce.

Llegó un punto en que ya no podía continuar. La intensidad de mis emociones y de la huida me habían dejado exhausto, y me tambaleé hasta desplomarme en el borde del camino. Eso sucedió cerca del puente que cruza el canal junto a la fábrica de gas. Caí y me quedé inmóvil.

Debí de permanecer así un rato.

Luego me incorporé, extrañamente perplejo. Al principio no entendía cómo había llegado hasta allí. Me había despojado del terror como de una prenda de ropa. Ya no tenía el sombrero y se me había soltado el cierre del cuello. Pocos minutos antes solo existían tres cosas para mí: la inmensidad de la noche, el espacio y la naturaleza; mi propia debilidad y angustia, y la proximidad de la muerte. Pero entonces fue como si algo se hubiera volcado, y el punto de vista se alteró bruscamente. No se produjo una transición consciente de un estado de ánimo a otro. Volví a convertirme en el mismo de siempre, en un ciudadano respetable y corriente. El campo silencioso, el impulso de la huida, las llamas crecientes parecían pertenecer a un sueño. Me pregunté si todas esas cosas habían sucedido realmente, pues no podía creérmelo.

Me levanté y caminé vacilante por la pendiente inclinada del puente. Tenía la mente totalmente paralizada, atónita. Los músculos y nervios parecían desprovistos de fuerza. Me atrevería a afirmar que me tambaleaba como un borracho. Una cabeza se asomó por encima del arco, y apareció la figura de un obrero cargado con una cesta. Junto a él corría un niñito. Pasó por mi lado deseándome buenas noches. Quería hablar con él, pero no lo hice. Respondí a su saludo farfullando sin sentido y seguí cruzando el puente.

Por encima del arco de Maybury un tren, un tumulto inflado de humo blanco y llameante que brotaba de un gusano largo con ventanas iluminadas, pasó disparado hacia el sur, traquetea que traquetea, entre estrépitos y golpes, hasta que desapareció. Un corrillo apenas distinguible de gente hablaba en la verja de una de las casas de la bonita hilera de hastiales denominada Oriental Terrace. Todo era tan real y tan familiar... ¡y transcurría detrás de mí! ¡Era una locura, era algo increíble! Me dije que tales cosas no podían ser de verdad.

Puede que yo sea un hombre de estados de ánimo excepcionales. No sé si mi experiencia es muy común. A veces sufro una extrañísima sensación de distanciamiento de mí mismo y del mundo que me rodea; parece que lo vea todo desde fuera, desde un punto inconcebiblemente remoto, fuera del tiempo, del espacio, de la tensión y de la tragedia. Pues aquella noche esta sensación se apoderó de mí. Esa era la otra cara de mi sueño.

Sin embargo, el problema era la incongruencia absoluta entre aquella serenidad y la muerte veloz que sobrevolaba cerca, a poco más de tres kilómetros. Se oía el ruido de la fábrica de gas, y todas las lámparas eléctricas estaban encendidas. Me detuve ante el grupo de gente.

—¿Qué se sabe del campo comunal? —pregunté.

Había dos hombres y una mujer en la verja.

—¿Qué? —dijo uno de los hombres, volviéndose.

—¿Qué se sabe del campo comunal? —repetí.

—¿No acaba de volver de ahí? —preguntaron los hombres.

—La gente se ha puesto muy pesada con eso —dijo la mujer al otro lado de la verja—. ¿Qué sucede?

—¿No han oído hablar de los hombres de Marte? —pregunté—. ¿De las criaturas de Marte?

—Suficiente —contestó la mujer por encima de la verja—, gracias.

Y los tres se rieron.

Me sentía estúpido y me puse furioso. Intenté contarles lo que había visto, pero vi que no podía. Volvieron a reírse ante mis frases entrecortadas.

—Pues aún oirán hablar más de ello —afirmé, y continué hasta casa.

Estaba tan demacrado que asusté a mi esposa en la entrada. Pasé al comedor, me senté, bebí un poco de vino y en cuanto reuní fuerzas suficientes le expliqué lo que había visto. La cena, que era fría, estaba servida, pero permaneció olvidada en la mesa mientras le explicaba mi historia.

—Hay que tener en cuenta algo —le dije, para aplacar los miedos que había despertado—, y es que son las criaturas más lentas que he visto jamás arrastrarse. Puede que se queden con el hoyo y maten a la gente que se acerque a ellas, pero no pueden salir de allí... aun así, ¡qué horrorosas son!

—¡No, querido! —exclamó mi esposa, frunciendo el ceño y colocando su mano sobre la mía.

—¡Pobre Ogilvy! —me lamenté—. ¡Y pensar que puede estar allí muerto!

Al menos a mi esposa no le pareció que mi experiencia fuera increíble. Pero cuando vi la palidez de su rostro, dejé de hablar.

—Puede que vengan aquí... —no dejaba de repetir ella. Insistí en que tomara vino, e intenté tranquilizarla.

—Apenas pueden moverse —reiteré.

Intenté confortarla a ella y a mí mismo repitiendo todo lo que Ogilvy me había contado sobre la imposibilidad de que los marcianos pudieran instalarse en la Tierra. Recalqué el problema gravitacional. En la superficie de la Tierra la fuerza de la gravedad es tres veces mayor que en la superficie de Marte. Un marciano, por tanto, pesaría tres veces más que en Marte, mientras que su fuerza muscular sería la misma. Su cuerpo le resultaría de plomo. Esa era realmente la opinión general. Tanto el *Times* como el *Daily Telegraph,* por ejemplo, insistieron al respecto a la mañana siguiente, y ambos pasaron por alto, tal y como hice yo, dos influencias evidentes que modificaban la situación.

Ahora sabemos que la atmósfera de la Tierra contiene mucho más oxígeno o mucho menos argón (como se prefiera definirlo) que Marte. Los efectos estimulantes de este exceso de oxígeno en los marcianos debieron de contribuir en gran medida a contrarrestar el aumento de peso de sus cuerpos. Y, en segundo lugar, todos pasamos por alto el hecho de que una inteligencia mecánica como la que poseían los marcianos era bastante capaz de prescindir del esfuerzo muscular si era preciso.

Entonces no tuve en cuenta estas cuestiones, por lo que mis razonamientos no sirvieron de nada contra las posibilidades de los invasores. Con el vino y la comida, la confianza en mi propio hogar y la necesidad de tranquilizar a mi esposa, me fui volviendo más atrevido y seguro de mí mismo sin darme cuenta.

—Han cometido una estupidez —afirmé, señalando la copa de vino—. Son peligrosos, porque, sin duda, están aterrorizados. Puede que no esperaran hallar seres vivos. Desde luego, no seres vivos inteligentes.

»Un proyectil en el hoyo —comenté—. Si lo peor llega a lo peor, los mataremos a todos.

Sin duda, la excitación intensa provocada por lo sucedido había dejado mis poderes perceptivos en un estado de eretismo. Todavía ahora recuerdo aquella cena con una viveza extraordinaria. El rostro dulce y ansioso de mi querida esposa mirándome por debajo de la lámpara rosa, el mantel blanco y la vajilla de plata y cristal —porque en aquella época incluso los escritores filosóficos disfrutaban de muchos pequeños lujos—, y el vino carmesí y púrpura en mi copa resultan distinguibles como en una fotografía. Al terminar me quedé sentado acompañando un cigarrillo con unas nueces, lamentando la precipitación de Ogilvy y denunciando la falta de arrojo y previsión de los marcianos.

Así podría haberlo considerado un respetable dodo de Mauricio en su nido, que ante la llegada de una embarcación de marineros implacables en busca de alimento animal habría comentado:

—Los mataremos a picotazos mañana, querido.

Yo no lo sabía, pero aquella fue la última cena civilizada que tomé durante muchos días extraños y terribles.

8

EL VIERNES POR LA NOCHE

Lo más extraordinario, de entre todas las cosas insólitas y maravillosas que ocurrieron aquel viernes, fue cómo encajaron los hábitos corrientes de nuestro orden social con los inicios de una serie de sucesos que acabarían por derribarlo súbitamente. Si el viernes por la noche hubieran cogido un compás y dibujado un círculo con un radio de ocho kilómetros en torno a los arenales de Woking, dudo que hubiera quedado un solo ser humano fuera de él, de no tratarse de algún pariente de Stent o de los tres o cuatro ciclistas o londinenses que yacían muertos en el campo comunal, cuyas emociones o hábitos se vieran afectados por los recién llegados. Muchas personas habían oído hablar del cilindro, por supuesto, y hablaban de ello en su tiempo libre, pero desde luego no causó la sensación que habría producido un ultimátum a Alemania.

En Londres, aquella noche, el telegrama del pobre Henderson describiendo cómo se iba desenroscando el proyectil se consideró un bulo, y tras pedirle autentificación y no obtener respuesta, pues el hombre había muerto, su periódico nocturno decidió no imprimir ninguna edición especial.

Incluso dentro del círculo de ocho kilómetros la mayor parte de la gente estaba inerte. Ya he descrito el comportamiento de los hombres y mujeres con los que hablé. En toda la región la gente se dedicaba a comer y beber; los trabajadores remataban las tareas del día; acostaban a los niños; los jóvenes se paseaban por los caminos haciéndose la corte y los estudiantes se sentaban ante sus libros.

Puede que se oyera un murmullo en las calles del pueblo, que hubiera un tema nuevo y dominante en los bares y que algún que otro mensajero, o incluso un testigo ocular de los últimos sucesos, causara un torbellino de excitación, un griterío y carreras de un lado a otro, pero en general la rutina cotidiana de trabajar, comer, beber y dormir continuaba igual que desde hacía innumerables años, como si en el cielo no hubiera ningún planeta llamado Marte. Incluso era así en la estación de Woking y en Horsell y Chobham.

En el cruce de Woking los trenes pararon y siguieron su viaje; otros pasaron a vías muertas; los pasajeros se apearon y esperaron, y todo siguió del modo más normal posible hasta muy tarde. Saltándose el monopolio de venta de Smith, un chico de la ciudad vendía periódicos de la tarde. El impacto sonoro de los vagones y el silbido agudo de las locomotoras del cruce se mezclaba con los gritos de «¡Hombres de Marte!». A eso de las nueve llegaron a la estación unos hombres, muy alterados, con noticias increíbles, pero no causaron más alboroto que el que habrían provocado unos borrachos. Las personas que iban traqueteando hacia Londres miraban la oscuridad tras las ventanillas del vagón y solo veían una chispa parpadeante e inusual que ascendía procedente de Horsell, un brillo rojo y una fina capa de humo pasaba entre las estrellas, y pensaban que no era más que un fuego en el monte. Solo se percibía cierta intranquilidad en el límite del campo comunal. Media docena de casas de campo ardían en el linde de Woking. Había luces encendidas en todas las casas que daban al campo comunal que compartían los tres pueblos, y la gente de allí se mantuvo despierta hasta el amanecer.

Una multitud curiosa permanecía incansable, iba y venía gente, pero la muchedumbre permanecía, tanto en el puente de Chobham como en el de Horsell. Una o dos almas aventureras, según se descubrió más tarde, se adentraron en la oscuridad y se arrastraron hasta acercarse bastante a los marcianos, pero nunca volvieron, porque de vez en cuando un rayo de luz, como el haz reflector de un barco de guerra, barría el campo, tras lo cual venía el rayo de calor. Salvo por el rayo ocasional, aquella gran extensión del campo comunal estaba silenciosa y desierta, y los cuerpos carbonizados yacieron allí durante toda la noche, bajo las estrellas, y durante todo el día siguiente. Muchas personas oyeron un martilleo procedente del hoyo.

Así estaban las cosas el viernes por la noche. En el centro, clavándose en la piel de nuestro viejo planeta Tierra como un dardo envenenado, estaba el cilindro. Sin embargo, el veneno apenas había empezado a actuar. A su alrededor había un trozo de tierra silenciosa, que ardía en algunos puntos, y algunos objetos oscuros apenas distinguibles yacían contorsionados. También ardía algún que otro arbusto o árbol. Más allá había cierto alboroto, pero la tierra a lo lejos aún no había llegado a inflamarse. En el resto del mundo la corriente de la vida seguía fluyendo como fluía desde tiempo inmemorial. La fiebre de la guerra que acabaría obstruyendo venas y arterias, insensibilizando nervios y destruyendo cerebros aún tenía que brotar.

Los marcianos se pasaron la noche martilleando y moviéndose, insomnes, infatigables, trabajando en la puesta a punto de sus máquinas, y una y otra vez una bocanada de humo de un blanco verdoso se arremolinaba hacia el cielo iluminado por las estrellas.

A eso de las once una compañía de soldados atravesó Horsell, y se desplegó alrededor del linde del campo comunal para formar un cordón. Más adelante, una segunda compañía marchó por Chobham para desplegarse en el lado norte del campo. Varios oficiales del cuartel de Inkerman habían estado allí aquel mismo día, y uno de ellos, el mayor Eden, había desaparecido. El coronel del regimiento llegó al puente de Chobham y a medianoche estaba muy ocupado interrogando a la multitud. Las autoridades militares eran desde luego conscientes de la gravedad del asunto. A eso de las once, según pudieron afirmar los periódicos de la mañana, un escuadrón de húsares, dos ametralladoras Maxim y unos cuatrocientos hombres del regimiento de Cardigan salieron de Aldershot.

Unos segundos después de la medianoche el gentío de la carretera de Chertsey, en Woking, vio que una estrella caía del cielo en los pinares al noroeste. Era de color verdoso y brilló en silencio como un relámpago de verano. Ese fue el segundo cilindro.

9
EMPIEZA LA LUCHA

El sábado ha quedado en mi memoria como un día de suspense. Fue también un día de lasitud, cálido y bochornoso, cuyo barómetro me comentan que no dejó de fluctuar. Había dormido muy poco, aunque mi esposa sí que logró dormirse, y me levanté temprano. Me dirigí al jardín antes de desayunar y me quedé escuchando, pero en la dirección del campo comunal no se oía nada excepto una alondra. El lechero vino como de costumbre. Oí el traqueteo de su carro y fui a la portezuela lateral para preguntarle por las últimas noticias. Él me contó que los marcianos habían pasado la noche rodeados de tropas, y que se esperaban cañones. Entonces oí el ruido conocido y tranquilizador de un tren corriendo hacia Woking.

—No los van a matar —afirmó el lechero—, si pueden evitarlo.

Vi a mi vecino trabajando en el jardín, charlé un rato con él, y luego entré tranquilamente a desayunar. Fue una mañana de lo más corriente. Mi vecino opinaba que las tropas conseguirían capturar o destruir a los marcianos a lo largo de aquel día.

—Es una lástima que se hagan tan inaccesibles —opinó—. Sería curioso saber cómo viven en otro planeta; podríamos aprender algo.

Se acercó a la valla y me ofreció un puñado de fresas, pues era un jardinero tan generoso como entusiasta. Al mismo tiempo me contó que habían ardido los pinares en torno a los campos de golf de Byfleet.

—Dicen —continuó— que allí ha caído otro de esos dichosos artefactos, el segundo. Con uno bastaba, desde luego. Esto les costará una buena suma a los del seguro antes de que se arregle todo. —Se rio muy alegremente ante este comentario. Me informó de que los bosques seguían ardiendo, y me señaló una nube de humo—. Quemarán durante días, debido a la gruesa capa de agujas de pino y turba —comentó. Y, muy serio, añadió—: Pobre Ogilvy.

Tras desayunar, en vez de trabajar, decidí bajar caminando hacia el campo comunal. Bajo el puente de la estación hallé a un grupo de soldados, del cuerpo de ingenieros, creo, con gorras redondas pequeñas y chaquetas rojas sucias sin abotonar, vestidos con camisas azules, pantalones oscuros y botas que les llegaban hasta la pantorrilla. Me dijeron que nadie podía atravesar el canal, y, mirando por la carretera hacia el puente, vi a uno de los hombres de Cardigan montando guardia allí. Hablé con esos soldados durante un rato; les expliqué que había visto a los marcianos la noche anterior. Ninguno de ellos los había visto, y apenas tenían una vaga idea de cómo eran, así que me cosieron a preguntas. Dijeron que no sabían quién había autorizado el movimiento de las tropas; creían que se había producido una disputa en la guardia montada. El zapador común está mucho más educado que el soldado corriente, y debatieron con cierta gravedad las peculiares condiciones de la posible lucha. Les describí el rayo de calor y empezaron a polemizar entre ellos.

—¡Nos arrastramos sin que nos vean y atacamos, digo yo! —intervino uno.

—¡Qué dices! —exclamó otro—. ¿Y qué nos protege del rayo ese? ¡nos freiría vivos! Lo que hacemos es acercarnos lo que nos deje el terreno, y allí hacer una trinchera.

—¡Al diablo tus trincheras! siempre quieres trincheras, ¿naciste conejo o qué, Snippy?

—¿Y no tienen cuello, entonces? —intervino bruscamente un tercero, un hombre pequeño, pensativo y oscuro que fumaba en pipa.

Repetí mi descripción.

—Pulpos —replicó el otro—, así los llamaré. Vaya con los pescadores de hombres... ¡Esta vez son luchadores, y no pescadores!

—Matar a bestias así no es asesinato —dijo el primero que había hablado.

—¿Y por qué no bombardeamos a esas malditas criaturas ahora mismo y las rematamos? —propuso el hombrecito oscuro—. Vete a saber lo que pueden hacer.

—¿Y dónde están los proyectiles? —dijo el primero que había hablado—. No hay tiempo. Hay que entrar rápido, eso digo, y atacar de golpe.

Y así lo discutían. Los dejé al cabo de un rato y me fui hasta la estación de tren para conseguir tantos periódicos de la mañana como pudiera.

Pero no cansaré al lector con una descripción de aquella larga mañana y de una tarde aún más larga. No logré siquiera echar un vistazo al campo comunal, porque incluso los campanarios de las iglesias de Horsell y Chobham estaban en manos de las autoridades militares. Los soldados a quienes pregunté no sabían nada; los oficiales se mostraban misteriosos y además estaban ocupados. Había gente en la ciudad que volvía a sentirse segura con la presencia de los militares, y me enteré por Marshall, el estanquero, de que su hijo se contaba entre los fallecidos en el campo comunal. Los solados habían obligado a la gente de las afueras de Horsell a cerrar y abandonar sus casas.

Volví a almorzar a eso de las dos, muy cansado, pues, como he dicho, era un día extremadamente caluroso y gris, así que para refrescarme me di un baño frío. A eso de las cuatro y media me fui a la estación de tren para conseguir un periódico nocturno, porque en los de la mañana solo había descripciones muy imprecisas de la matanza de Stent, Henderson, Ogilvy y los demás. Pero decía muy poco que no supiera. Los marcianos no se dejaban ver ni un ápice. Parecían atareados en su hoyo, se oía un martilleo y el humo fluía de manera casi constante. Al parecer estaban ocupados preparándose para la lucha. «Se ha tratado otra vez de hacerles señas, sin éxito», era la fórmula estereotipada de los periódicos. Un zapador me explicó que lo intentó un hombre desde una zanja con una bandera encajada en un mástil largo. Los marcianos se fijaron en tales intentos de acercamiento tanto como nosotros nos fijaríamos en los mugidos de una vaca.

Debo confesar que al ver todo aquel armamento, todos aquellos preparativos, me exalté muchísimo. Mi imaginación se volvió beligerante y derrotó a los invasores de una docena de maneras impresionantes distintas; rememoré mis sueños escolares de batallas y heroísmo. En aquel momento no me pareció una lucha justa, pues parecían muy indefensos en su hoyo.

Hacia las tres empezaron a oírse a intervalos exactos los ruidos sordos de un cañón en Chersey o Addlestone. Me enteré de que estaban atacando el pinar en llamas donde había caído el segundo cilindro, con la esperanza de destruir el objeto antes de que se abriera. Pero hasta las cinco no llegó a Chobham un cañón de campaña para disparar contra el primer grupo de marcianos.

Alrededor de las seis de tarde, mientras estaba tomando el té con mi esposa en el cenador, hablando acaloradamente sobre la batalla que se avecinaba, oí una detonación amortiguada procedente del campo comunal, y justo después vino una ráfaga de disparos. Enseguida se oyó un estrépito vibrante bastante cerca de nosotros, que hizo temblar el suelo, y al salir al césped vi las copas de los árboles en torno al Oriental College envueltas en una llama roja y humeante, y el campanario de la pequeña iglesia que había al lado desmoronándose. El pináculo de la mezquita había desaparecido, y parecía como si un cañón de cien toneladas se hubiera cebado en el tejado de la residencia. Una de nuestras chimeneas se resquebrajó como si la hubiera alcanzado un disparo, se hizo añicos y un trozo bajó repiqueteando por las tejas y cayó formando un montón de fragmentos rojos sobre el parterre junto a la ventana de mi estudio.

Mi esposa y yo nos quedamos atónitos. Entonces me di cuenta de que ahora que habían destruido la residencia, la cima de la colina de Maybury debía de quedar al alcance del rayo de calor marciano.

En vista de eso cogí a mi esposa del brazo y, sin miramiento alguno, salí corriendo con ella hasta la calle. Entonces saqué también a la criada, diciéndole que yo mismo subiría a buscar la caja que exigía llevarse.

—No podemos quedarnos aquí —afirmé, y mientras hablaba en el campo comunal se reanudaron los disparos por un instante.

—Pero ¿adónde iremos? —preguntó mi esposa, aterrorizada. Me puse a pensar, perplejo. Entonces recordé a sus primos de Leatherhead.

—¡A Leatherhead! —grité por encima del ruido repentino.

Mi mujer apartó la vista en dirección al pie de la colina. La gente salía de sus casas estupefacta.

—¿Y cómo vamos a llegar a Leatherhead? —me preguntó.

Vi a un grupo de húsares montados bajo el puente del tren; tres de ellos cruzaron al galope las puertas abiertas del Oriental College, dos más desmontaron y empezaron a correr casa por casa. El sol, que brillaba a través del humo que ascendía de las copas de los árboles, parecía de un rojo sanguinolento y refulgía, desconocido, sobre todas las cosas.

—Quédate aquí —le pedí—, aquí estás a salvo.

Me dirigí de inmediato al Spotted Dog, pues sabía que el dueño tenía un caballo y un carro. Eché a correr porque me pareció que todos los de aquel lado de la colina no tardarían en empezar a moverse. Lo hallé en su bar, ya que no se había enterado mucho de lo que estaba ocurriendo detrás de su casa. Había un hombre de espaldas a mí hablando con él.

—Debe darme una libra —exigió el dueño—, y no tengo a nadie para conducirlo.

—Le daré dos —dije por encima del hombro del extraño.

—¿Para qué?

—Y se lo devolveré a medianoche.

—¡Ay, dios! —exclamó el dueño—, ¿Por qué tanta prisa? Que estoy vendiendo un trozo de cerdo... ¿dos libras, y me lo traerá? ¿Y ahora qué pasa?

Le expliqué rápidamente que tenía que abandonar mi casa, y así me aseguré el carro. En ese momento no me parecía igual de urgente que el dueño tuviera que abandonar la suya. Me preocupé de que me lo diera en ese mismo momento y lo conduje por la calle, dejándolo a cargo de mi esposa y la criada mientras me metía a toda prisa en casa y empaquetaba unos pocos objetos de valor, como la vajilla y demás. Las hayas bajo la casa estaban ardiendo, y la empalizada de la calle brillaba enrojecida. Mientras estaba ocupado con esto, uno de los húsares se acercó corriendo. Iba de casa en casa, advirtiendo a la gente que debía marcharse. Iba a pasar de largo cuando salí por la puerta de la entrada, cargando con mis tesoros envueltos en un mantel, y grité:

—¿Qué noticias hay?

Se volvió, me miró fijamente, gritó algo como «arrastrándose en una cosa como una tapadera» y corrió hasta la puerta de la casa de la cumbre. Un remolino de humo negro que recorría la calle lo ocultó durante un instante. Corrí hasta la puerta del vecino y llamé para quedarme tranquilo con lo que ya sabía, que se había ido con su esposa a Londres y habían cerrado la casa. Cumplí con mi promesa de volver a entrar para coger la caja de mi criada, la saqué a rastras, la até a su lado en la parte de atrás del carro y luego cogí las riendas y salté al asiento del conductor junto a mi esposa. Al cabo de un instante habíamos salido del humo y el ruido y bajábamos a trompicones por la ladera opuesta de Maybury hacia Old Woking.

Delante de nosotros el paisaje era silencioso y soleado, se extendían trigales a ambos lados de la carretera, y el cartel de la posada de Maybury oscilaba. Vi el carro del médico delante de mí. Al final de la colina me volví para mirar la ladera que estaba dejando atrás. Unas gruesas columnas de humo negro con hilos de fuego rojo se alzaban hacia el aire quieto, y proyectaban sombras oscuras sobre las copas de los árboles verdes hacia el este. El humo ya se extendía hacia el este y el oeste: hacia los pinares de Byfleet al este, y hacia Woking al oeste. La carretera estaba salpicada de gente que corría hacia nosotros. Y aunque muy débil, pero perfectamente distinguible a través del aire cálido y quieto, se oía el zumbido de una ametralladora en ese momento inactiva, y el restallido intermitente de los rifles. Al parecer los marcianos estaban prendiendo fuego a todo lo que alcanzara su rayo de calor.

No soy un conductor experto, y tuve que centrar toda mi atención en el caballo. Cuando volví la vista otra vez la segunda colina había ocultado el humo negro. Azoté al caballo con el látigo y le di rienda suelta hasta que Woking y Send quedaron entre nosotros y aquel tumulto agitado. Aproveché para adelantar al médico entre Woking y Send.

10
BAJO LA TORMENTA

Leatherhead queda a menos de veinte kilómetros de Maybury. El aire olía a heno a través de los prados frondosos más allá de Pyrford, y los setos que flanqueaban la carretera estaban alegremente perfumados por multitud de escaramujos. Los insistentes disparos que estallaron mientras descendíamos por Maybury cesaron tan abruptamente como habían comenzado, con lo que la noche quedó muy tranquila y silenciosa. Llegamos a Leatherhead sin incidentes a eso de las nueve, y el caballo descansó una hora mientras cené con mis primos y dejé a mi esposa a su cuidado.

Mi esposa estuvo durante el viaje sumida en un silencio poco habitual, y parecía afectada por malos presentimientos. Hablé con ella para tranquilizarla, señalé que los marcianos no podrían salir del hoyo debido a su peso, y que como mucho se asomarían un poco arrastrándose, pero ella solo me contestaba con monosílabos. Si no hubiera sido por la promesa que le hice al posadero, creo que me habría suplicado que me quedara en Leatherhead aquella noche. ¡Ojalá lo hubiera hecho! recuerdo que estaba muy pálida cuando nos separamos.

Por mi parte, me pasé el día febrilmente excitado. Una especie de fiebre bélica como la que en ocasiones afecta a una comunidad civilizada se me había metido en la sangre y en el corazón y no lamenté mucho tener que volver a Maybury aquella noche. Incluso temía que la última descarga cerrada que había oído pudiera indicar el exterminio de nuestros invasores de Marte. El mejor modo de expresar mi estado de ánimo es diciendo que quería presenciar su muerte.

Eran casi las once cuando partí de regreso a Maybury. La noche resultaba inesperadamente oscura; me pareció negra del todo al salir del pasillo iluminado de casa de mis primos, y tan cálida y sofocante como el día. Por encima de mi cabeza las nubes se movían deprisa, aunque ni la más leve brisa agitaba los arbustos que nos rodeaban. El criado de mis primos encendió ambas lámparas. Por suerte yo conocía muy bien la carretera. Mi esposa permaneció en la entrada, bajo la luz, y me observó hasta que subí al carro. Entonces se volvió bruscamente y entró, mientras mis primos permanecían uno junto al otro deseándome buen viaje.

Al principio me quedé un poco triste, contagiado de los miedos de mi esposa, pero mis pensamientos no tardaron en centrarse en los marcianos. En aquel momento no tenía ni la más remota idea de cómo se estaban desarrollando los enfrentamientos nocturnos. Ni siquiera conocía las circunstancias que habían precipitado el conflicto. Al atravesar Ockham (porque fue por allí por donde volví, y no por Send y Old Woking), observé un brillo sanguinolento en el horizonte occidental, que, al acercarme, se deslizaba lentamente por el cielo. Las nubes de la tormenta en ciernes se mezclaban allí con masas de humo negro y rojo.

Ripley Street estaba desierta, y a excepción de alguna ventana iluminada el pueblo no mostraba ninguna señal de vida, pero por poco tuve un accidente en la esquina de la carretera de Pyrford, donde había un grupito de gente dándome la espalda. No me dijeron nada cuando pasé. No sé qué sabían acerca de lo que estaba ocurriendo detrás de la colina, ni si en las casas silenciosas frente a las que pasé dormían tranquilamente, si estaban abandonadas y vacías, o si sus habitantes, nerviosos, vigilaban los terrores de la noche.

Desde Ripley hasta que atravesé Pyrford tuve que ir por el valle del Wey, desde donde no se veía el resplandor rojo. Al subir por la pequeña colina después de pasar la iglesia de Pyrford apareció el resplandor otra vez, y los árboles que me rodeaban temblaron con el primer indicio de la tormenta que se cernía sobre mí. Entonces oí las campanadas que daban la medianoche en la iglesia, y apareció la silueta de Maybury con las copas de los árboles y los tejados negros y recortados contra el rojo.

Mientras la contemplaba, un resplandor verde iluminó la carretera que me rodeaba y mostró los bosques lejanos hacia Addlestone. Sentí un tirón en las riendas. Vi las nubes en movimiento atravesadas por un hilo de fuego verde, que alumbraba de repente su confusión y caía en el campo a mi izquierda. ¡Era la tercera estrella fugaz!

No tardó en aparecer, en este caso con una cegadora luz violeta, el primer rayo de la tormenta que se avecinaba, y el trueno estalló como un cohete en el cielo. El caballo agarró el bocado entre los dientes y se desbocó.

Hay cierta pendiente hacia el pie de la colina de Maybury, y por allí bajamos chacoloteando. En cuanto empezaron, los relámpagos se sucedieron con la serie de destellos más rápida que he visto en la vida. Solapándose y acompañados por un extraño chisporroteo, los truenos sonaban como una máquina eléctrica gigante en vez de con las habituales reverberaciones de estallidos. La luz parpadeante me cegaba y confundía, y un granizo fino me golpeaba a rachas en la cara mientras bajaba por la ladera.

Al principio no veía nada salvo la carretera que tenía delante, cuando abruptamente algo que se movía rápido por la ladera opuesta captó mi atención. Al principio pensé que era el tejado mojado de una casa, pero un relámpago que siguió a otro mostró que avanzaba a toda velocidad. No lograba verlo bien: un instante de oscuridad apabullante iba seguido de un relámpago digno de la luz del día, y entonces las moles rojas del orfanato, cerca de la cima de la colina, las copas verdes de los pinos y este objeto enigmático aparecían claros, definidos y brillantes.

¡Y menuda cosa vi! ¿Cómo podría describirla? Era un trípode monstruoso, más alto que muchas casas, que pisoteaba los pinos jóvenes y los aplastaba y derribaba mientras avanzaba. Era una máquina de metal centelleante que se desplazaba dando zancadas a través del brezo, le colgaban cuerdas articuladas de acero y el tumulto de su paso se mezclaba con el estruendo del trueno. Apareció vívidamente ante un relámpago, inclinándose hacia un lado con dos patas por los aires, y se desvaneció y reapareció casi de inmediato, de modo que parecía haberse acercado más de treinta metros. ¿Se imaginan un taburete para ordeñar inclinado y lanzado violentamente por el suelo? Esa fue la impresión que me dieron esos relámpagos instantáneos. Pero en vez de un taburete, imagínense una máquina grande sobre un trípode.

Entonces los árboles en el pinar se abrieron delante de mí de repente, como el hombre se abre paso entre juncos quebradizos; algo los partía y derribaba, y apareció un segundo trípode enorme, que parecía avanzar directo hacia mí. ¡Y yo galopaba a su encuentro! Al ver el segundo monstruo perdí los nervios. Sin pararme a mirar otra vez, torcí la cabeza del caballo hacia la derecha, y el carro se inclinó por encima del caballo; las varas chocaron ruidosamente, salí disparado por el lateral y fui a parar a un charco poco profundo.

Salí arrastrándome casi de inmediato y me agazapé, con los pies todavía en el charco, debajo de un grupo de tojos. El caballo yacía inmóvil (¡tenía el cuello roto, pobre bestia!), y bajo los destellos del relámpago vi el bulto negro del carro volcado y la silueta de la rueda que aún giraba despacio. Al cabo de un segundo la máquina colosal pasó dando grandes zancadas junto a mí y subió por la colina en dirección a Pyrford.

Vista de cerca, aquella criatura era increíblemente extraña, pues no se trataba tan solo de una máquina ciega que seguía su camino. Máquina lo era, pues hacía un ruido metálico al avanzar y tenía unos tentáculos largos, flexibles y brillantes (uno de los cuales agarraba un pino joven) que se balanceaban y agitaban en su cuerpo extraño. Escogía su camino, y la capucha de latón que lo remataba se movía adelante y atrás, lo cual indicaba que se trataba de una cabeza que miraba. Detrás del cuerpo principal había una masa enorme de metal blanco, como la cesta gigante de un pescador, y las articulaciones de sus extremidades expulsaron ráfagas de humo verde cuando el monstruo pasó por mi lado. Desapareció al cabo de un instante.

Eso fue todo lo que vi entonces, no demasiado bien debido al parpadeo de los rayos, entre altas luces cegadoras y densas sombras negras. Al pasar profirió un aullido ensordecedor y exultante que ahogó el trueno, «¡alú,

alú!», y no tardó en alcanzar al primer trípode, a pocos metros de distancia, y se agachó hacia algo que había en el suelo. No me cabe duda de que aquella cosa fue el tercero de los diez cilindros que nos dispararon desde Marte.

Pasé varios minutos bajo la lluvia y la oscuridad observando, gracias a la luz intermitente, a estos seres monstruosos de metal que se desplazaban por encima de los setos. En aquel momento empezó a caer una fina cortina de granizo, con lo que las figuras se volvían más borrosas y luego volvían a resplandecer. De vez en cuando había una tregua entre los relámpagos y la noche se los tragaba.

Yo estaba empapado de granizo por arriba y del agua del charco por abajo. Tardé un rato en zafarme de la perplejidad y encaramarme por el terraplén hasta un lugar más seco, o en pensar siquiera en el peligro inminente al que estaba expuesto.

No muy lejos había una cabaña de madera vieja y pequeña, rodeada por una parcela donde habían sembrado patatas. Por fin conseguí ponerme en pie y, agachándome y ocultándome donde pude, corrí hasta la cabaña. Llamé a la puerta, aunque no oí a nadie dentro (si es que había alguien), hasta que desistí y, aprovechado una zanja durante la mayor parte del camino, conseguí arrastrarme sin que me vieran aquellas máquinas monstruosas hasta el pinar en dirección a Maybury.

Seguí avanzando protegido por el bosque, mojado y temblando para entonces, hacia mi casa. Caminé entre los árboles tratando de hallar el camino. El bosque estaba realmente oscuro, porque los rayos cada vez eran menos frecuentes y el granizo, que caía en un torrente, formaba columnas a través de los espacios que dejaba el denso follaje. Si hubiera entendido el significado de todo lo que había visto habría vuelto de inmediato a través de Byfleet hasta Street Cobham, para así volver a reunirme con mi esposa en Leatherhead. Pero aquella noche la extrañeza de las cosas que me rodeaban y mi lamentable estado físico, pues estaba magullado, agotado, calado hasta los huesos, ensordecido y cegado por la tormenta, me lo impidieron.

Se me había ocurrido ir hasta mi casa, y esa era la única motivación con que contaba. Avancé tambaleándome entre los árboles, caí en una zanja y me rasgué las rodillas con una tabla, hasta que subí chapoteando al camino que venía del College Arms. Digo chapoteando porque el agua de la tormenta arrastraba la arena por la colina formando un torrente turbio.

Allí, en la oscuridad, un hombre tropezó conmigo y me hizo caer hacia atrás. Gritó aterrorizado, cayó a un lado y salió disparado antes de que lograra recuperarme y decirle algo. Tanta era la presión de la tormenta en aquel momento que me costó muchísimo subir la colina. Me acerqué a la valla, a la izquierda, y me abrí paso entre las estacas.

Cerca de la cima me topé con algo blando, y gracias a un relámpago vi entre mis pies un montón de tela negra y un par de botas. Antes de que pudiera distinguir claramente a aquel hombre tumbado, el parpadeo de luz había terminado. Me incliné hacia él esperando el siguiente relámpago. Cuando llegó vi que era un hombre corpulento, vestido con ropa barata pero no gastada; tenía la cabeza inclinada bajo el cuerpo, y yacía desmadejado cerca de la valla, como si lo hubieran arrojado violentamente contra ella.

Superando la repugnancia natural de quien nunca antes había tocado un cadáver, me incliné y le di la vuelta para buscarle los latidos. Estaba muerto. Al parecer se había roto el cuello. El relámpago brilló por tercera vez y apareció su rostro. Me puse en pie de un salto. Era el dueño del Spotted Dog, cuyo vehículo me había llevado.

Pasé por encima de él con cautela y seguí avanzando por la colina. Me encaminé hacia la comisaría de policía y el College Arms en dirección a mi casa. En la colina no ardía nada, aunque del campo comunal aún venía un resplandor rojo y un remolino ondulante de humo rojizo que contrastaba con el granizo torrencial. Por lo que veía gracias a los relámpagos, las casas que me rodeaban estaban mayormente intactas. Junto al College Arms, en la carretera, yacía un montón oscuro.

Siguiendo la carretera hacia el puente de Maybury se oían voces y pasos, pero no tuve valor para gritar o dirigirme hacia ellos. Entré tras abrir la puerta con la llave, eché la cerradura y el cerrojo, fui tambaleándome hasta el pie de la escalera y me senté. Mi mente estaba inundada por aquellos monstruos metálicos que avanzaban a zancadas y por el cadáver aplastado contra la valla.

Me agaché al pie de la escalera de espaldas a la pared, tiritando violentamente.

11
EN LA VENTANA

Ya he comentado que mis ataques emotivos tienen la costumbre de agotarse por sí solos. Al cabo de un rato me di cuenta de que estaba frío y mojado y de que había pequeños charcos en la alfombra de la escalera a mi alrededor. Me levanté casi mecánicamente, fui al comedor y bebí un poco de *whisky,* y entonces pensé que debía cambiarme de ropa.

Después subí a mi estudio, pero por qué lo hice la verdad es que no lo sé. La ventana de mi estudio da a los árboles y a la vía del tren de Horsell Common. Con las prisas de nuestra marcha había dejado esa ventana abierta. En el pasillo no había luz, y a diferencia de la imagen que rodeaba el marco de la ventana, un lado de la habitación parecía impenetrablemente oscuro. Me detuve justo en la entrada.

La tormenta había pasado. Las torres del Oriental College y los pinos que lo rodeaban habían desaparecido, y muy lejos, iluminado por un vívido resplandor rojo, se veía el campo comunal que rodeaba los arenales. Bajo aquella luz, unas figuras negras enormes, grotescas y extrañas se afanaban de un lado a otro.

Parecía realmente que en aquella dirección todo el campo estuviera en llamas: una amplia ladera salpicada de diminutas lenguas de fuego que oscilaban y se contorsionaban con las ráfagas de la tormenta, que amainaba, y proyectaban un reflejo rojo sobre el cielo cubierto de nubes ligeras. De vez en cuando, las nubes de humo de unas conflagraciones más cercanas atravesaban la ventana y ocultaban las figuras marcianas. Yo no veía lo que estaban haciendo, ni distinguía sus formas con claridad, ni reconocía los objetos negros con los que se afanaban. Tampoco veía el fuego más cercano, aunque sus reflejos bailaban en la pared y el techo del estudio. Un intenso olor resinoso a quemado inundaba el aire.

Cerré la puerta sin hacer ruido y me deslicé hacia la ventana. El campo de visión se abrió hasta que, por un lado, alcanzaba las casas junto a la estación de Woking, y por el otro los pinares carbonizados y ennegrecidos de Byfleet. Había una luz bajo la colina, en la vía del tren, cerca del puente, y varias de las casas de la carretera de Maybury y las calles cercanas a la estación formaban ruinas brillantes. Al principio la luz de la vía me sorprendió; vi un montón negro y un resplandor vívido, y a su derecha una fila de rectángulos amarillos. Entonces comprendí que se trataba de un tren estrellado, cuya parte delantera había chocado y estaba en llamas, mientras que los vagones de detrás seguían sobre los raíles.

Entre estos tres puntos de luz, las casas, el tren y el campo en llamas en dirección a Chobham, se extendían fragmentos irregulares de campo oscuro, interrumpidos por intervalos de terreno poco iluminado y humeante. Aquella extensión negra incendiada constituía un espectáculo de lo más extraño. Me recordaba especialmente a Potteries de noche. Al principio no logré distinguir a ninguna persona, aunque estuve mirando fijamente. Más tarde vi recortadas contra la luz de la estación de Woking diversas figuras negras que corrían una tras otra atravesando la vía.

¡Y este era el pequeño mundo en el que había vivido seguro tantos años, este caos exaltado! Aún no sabía qué había ocurrido durante las últimas siete horas, ni tampoco sabía, aunque empezaba a imaginármela, cuál era la relación entre estos colosos mecánicos y las lentas criaturas que había visto desparramarse fuera del cilindro. Movido por un extraño interés impersonal, volví la silla de mi escritorio hacia la ventana, me senté y me quedé mirando el paisaje ennegrecido, sobre todo a las tres criaturas negras gigantescas que iban y venían bajo el resplandor que cubría los arenales.

Parecían terriblemente ocupadas. Empecé a preguntarme qué podían ser. ¿Eran máquinas inteligentes? Me parecía que tal cosa era imposible. ¿O había un marciano dentro de cada una de ellas que mandaba y las dirigía de modo parecido a como el cerebro del hombre manda sobre su cuerpo? Empecé a comparar aquellas criaturas con máquinas humanas, a preguntarme por primera vez en la vida cómo un animal inteligente pero inferior entendería un acorazado o una locomotora.

La tormenta había dejado el cielo despejado, y por encima del humo de la tierra ardiente el puntito cada vez más apagado de Marte caía hacia el oeste, cuando un soldado entró en mi jardín. Oí que rozaba la valla y, desembarazándome de la letargia que se había apoderado de mí, bajé la vista y lo atisbé trepando por la empalizada. Al ver a otro ser humano se me pasó el sopor y me asomé ansioso por la ventana.

—¡Psst! —susurré.

Se detuvo a horcajadas en la valla, dudando, pero la saltó y cruzó el césped hasta la esquina de la casa. Se agachó y continuó sin hacer ruido.

—¿Quién anda ahí? —preguntó susurrando también, colocándose bajo la ventana y alzando la vista.

—¿Adónde va? —pregunté.

—Quién sabe.

—¿Intenta esconderse?

—Así es.

—Entre en la casa —le indiqué.

Bajé, abrí la puerta, le dejé entrar y volví a cerrarla. No le veía la cara. No llevaba sombrero y tenía la chaqueta desabrochada.

—¡Dios mío! —exclamó cuando le hice pasar.

—¿Qué ha ocurrido? —pregunté.

—¿Qué no ha ocurrido? —Pese a la oscuridad vi que esbozaba un gesto desesperado—. Nos han aniquilado, es que nos han aniquilado... —repetía una y otra vez.

Me siguió de forma casi mecánica hasta el comedor.

—Tome un poco de *whisky* —le sugerí, y vertí una dosis considerable.

Se lo bebió. Entonces se sentó de golpe ante la mesa, hundió la cabeza entre los brazos y empezó a sollozar como un niño pequeño, arrebatado por la emoción, lo que curiosamente hizo que me olvidara de mi reciente desesperación.

Yo permanecía a su lado, expectante. Hasta al cabo de un buen rato no logró serenarse y responder a mis preguntas, y entonces contestó de manera desconcertante, a retazos.

Era chófer de artillería, y no había entrado en acción hasta las siete. En ese momento disparaban por todo el terreno, y se decía que el primer grupo de marcianos se estaba arrastrando lentamente hacia el segundo cilindro, protegidos por un escudo de metal.

Más adelante ese escudo se alzó tambaleándose con patas de trípode y se convirtió en la primera de las máquinas guerreras que yo había visto. El cañón que llevaba el artillero se colocó cerca de Horsell para dominar los arenales, y su llegada fue lo que precipitó la acción. Cuando los del armón tomaron la retaguardia, el caballo de este artillero tropezó con una madriguera y cayó en una depresión del terreno. En ese mismo instante el cañón explotó tras él, estalló la munición, el fuego lo rodeó y quedó sepultado bajo un montón de hombres y caballos muertos y carbonizados.

—Me he quedado quieto —explicó—, muerto de miedo, con el cuarto delantero de un caballo encima de mí. Nos han liquidado. Y el olor... ¡ay, dios mío! ¡Como a carne quemada! Me he hecho daño en la espalda al caer del caballo, y me he tenido que quedar ahí hasta encontrarme mejor. Un minuto antes íbamos desfilando, y luego pam, bum, fiu... ¡Liquidados!

Se quedó escondido bajo el caballo muerto durante mucho rato, mirando furtivamente hacia el campo comunal. Los hombres de Cardigan habían intentado una carga, una escaramuza contra el hoyo, pero los habían aniquilado. Luego el monstruo se puso en pie y empezó a caminar lentamente por el campo entre los pocos fugitivos que quedaban, girando la capucha a modo de cabeza como si fuera un ser humano encapuchado. Una especie de brazo cargaba con un complicado estuche metálico en el que centelleaban relámpagos verdes, y por el conducto de este brazo atacaba el rayo de calor.

En pocos minutos no quedó, según pudo ver el soldado, ni un ser vivo en el campo, y todos los árboles y arbustos que todavía no eran esqueletos ennegrecidos estaban en llamas. Los húsares se hallaban en la carretera más allá de donde se curvaba la tierra, y el artillero no los veía. Oyó a las Maxim repiquetear durante un rato hasta que se sumieron en el silencio. El gigante se guardó la estación de Woking y las casas que había alrededor para el final, hasta que en un instante disparó el rayo de calor y la ciudad se convirtió en un montón de ruinas ardientes. Luego la criatura apagó el rayo de calor y, dándole la espalda al artillero, empezó a balancearse hacia los pinares incendiados que albergaban el segundo cilindro. Entonces otro Titán centelleante se armó y salió del hoyo.

El segundo monstruo siguió al primero, y el artillero aprovechó la ocasión para arrastrarse con mucha cautela por las cenizas de brezo calientes hacia Horsell. Consiguió meterse en la trinchera junto a la carretera, y así escapó a Woking. A partir de ahí su relato se volvió entrecortado. El lugar se había vuelto intransitable. Al parecer quedaban unas cuantas personas vivas, desesperadas en su mayoría, y muchas quemadas y escaldadas. El fuego obligó al artillero a desviarse, y se ocultó entre algunos montones chamuscados de paredes caídas cuando volvió uno de los marcianos gigantes. Vio a uno perseguir a un hombre, atraparlo con uno de sus tentáculos acerados y golpearle la cabeza contra el tronco de un pino. Al fin, tras caer la noche, el artillero salió disparado y atravesó el terraplén del ferrocarril.

Desde entonces había estado ocultándose mientras avanzaba en dirección a Maybury, con la esperanza de librarse del peligro si se dirigía hacia Londres. La gente se escondía en trincheras y bodegas, y muchos de los supervivientes se habían dirigido hacia el pueblo de Woking y Send. El soldado se moría de sed, hasta que encontró una cañería destrozada cerca del arco de la estación, de la que salía el agua a borbotones, como una fuente sobre la carretera.

Esta fue la historia que poco a poco le sonsaqué. Se fue calmando al explicármela intentando hacerme ver lo que él había visto. Al principio de todo me contó que no había comido nada desde el mediodía; en la despensa encontré un poco de cordero y pan y lo llevé al comedor. No encendimos ninguna lámpara por miedo a atraer a los marcianos, y nuestras manos se tocaban una y otra vez junto al pan o la carne. Mientras el artillero hablaba, todo lo que nos rodeaba se destacó, oscuro, en la oscuridad, y los arbustos pisoteados y los rosales rotos se vieron más nítidos tras la ventana. Parecía que varios hombres o animales hubiesen atravesado el césped a toda prisa. Empecé a ver la cara del soldado, oscurecida y demacrada, como sin duda lo estaba la mía.

Cuando terminamos de comer subimos sin hacer ruido a mi estudio, en el piso de arriba, y yo volví a mirar por la ventana abierta. En una noche el valle se había convertido en un valle de cenizas. Los fuegos habían menguado. Donde antes había llamas ahora había espirales de humo, pero los innumerables restos de casas destrozadas y derruidas y árboles arrasados y ennegrecidos resaltaban, adustos y terribles, bajo la luz implacable del amanecer. Algún que otro objeto se había librado, como una señal blanca del tren por aquí o el extremo de un invernadero por allá, claro y reluciente entre los destrozos. Nunca en toda la historia de la guerra la destrucción había sido tan indiscriminada y universal. Brillando a la creciente luz del este, tres gigantes metálicos permanecían en torno al hoyo, rotando las capuchas como si inspeccionaran la desolación que habían causado.

Me pareció que el hoyo había aumentado de tamaño, y de su interior brotaban ráfagas constantes de vapor negro y brillante hacia el amanecer cada vez más claro: ascendían arremolinadas, estallaban y se desvanecían.

A lo lejos se veían las columnas de fuego alrededor de Chobham, que se convirtieron en humo rojo al tocar el alba.

12
LO QUE VI DE LA DESTRUCCIÓN DE WEYBRIDGE Y SHEPPERTON

Al iluminarse el amanecer nos retiramos de la ventana desde la que observábamos a los marcianos y bajamos sin hacer ruido.

El artillero estaba de acuerdo conmigo en que la casa no era lugar para quedarse. Él proponía dirigirse hacia Londres, y allí reunirse con su batería, la n.° 12, de la artillería montada. Mi plan era volver inmediatamente a Leatherhead, y estaba tan impresionado por la fuerza de los marcianos que había decidido llevarme a mi esposa a Newhaven, y así salir enseguida del campo. Había comprendido que los alrededores de Londres serían el inevitable escenario de una lucha desastrosa antes de poder destruir a aquellas criaturas.

No obstante, entre Leatherhead y nosotros se hallaba el tercer cilindro, con sus gigantes guardianes. Si hubiera estado solo, creo que me habría arriesgado a atravesar el campo, pero el artillero me disuadió.

—No se le hace ningún favor a una buena esposa dejándola viuda.

Al final accedí a irme con él, bajo la protección de los bosques, hacia el norte hasta Street Cobham, donde nos separaríamos. Desde allí daría un gran rodeo por Epsom para llegar a Leatherhead.

Yo habría salido de inmediato, sin embargo, mi compañero había estado en servicio activo y sabía que no debíamos hacerlo así. Me hizo revolver la casa en busca de una petaca, que rellenó de *whisky,* y nos llenamos todos los bolsillos de paquetes de galletas y rodajas de carne. Entonces salimos a hurtadillas de la casa y corrimos tan rápido como pudimos por la destartalada carretera por la que había llegado la noche anterior. Las casas parecían desiertas. Encontramos un grupo de tres cuerpos carbonizados juntos, fulminados por el rayo de calor, y cosas desperdigadas que la gente había dejado atrás, como un reloj, una zapatilla, una cuchara de plata y otros objetos de poco valor. Al volver la esquina hacia la oficina de correos vimos un carrito, repleto de cajas y muebles y sin caballo, inclinado sobre una rueda rota. Habían reventado una caja de caudales a toda prisa y la habían arrojado bajo los escombros.

Excepto la casa del guarda del orfanato, que seguía en llamas, ninguna de las casas de la zona había sufrido daños graves. El rayo de calor había segado la parte superior de las chimeneas y continuado su avance, pero, salvo nosotros, no parecía haber ningún ser vivo en Maybury. La mayoría de sus habitantes habían escapado, me imagino, por la carretera de Old Woking, la que yo había tomado cuando me dirigí a Leatherhead, o se habían escondido.

Seguimos por el camino, pasando junto al cuerpo del hombre de negro, empapado ahora por el granizo nocturno, y nos metimos en los bosques del pie de la colina. Nos abrimos paso hacia la vía sin encontrar un alma. Los bosques que cruzaba no eran sino las ruinas marcadas y ennegrecidas de los bosques que fueron. La mayor parte de los árboles se habían caído, pero unos cuantos seguían en pie, con los troncos de un gris sombrío y el follaje marrón oscuro en vez de verde.

En nuestro lado el fuego no había hecho otra cosa que chamuscar los árboles más próximos, no había logrado afianzarse. Los leñadores habían intervenido el día anterior: los árboles, caídos y recién cortados, yacían en un claro, y había montones de serrín junto a la sierra y su motor. Muy cerca de allí había una cabaña abandonada. No corría una pizca de viento aquella mañana, y todo estaba extrañamente quieto. Incluso los pájaros se habían callado, y mientras avanzábamos a toda prisa, el artillero y yo hablábamos entre susurros y mirábamos de vez en cuando por encima del hombro. Nos paramos una o dos veces a escuchar.

Al cabo de un rato nos acercamos a la carretera y oímos el chacoloteo de cascos; a través de los troncos de los árboles vimos a tres soldados de caballería dirigiéndose lentamente hacia Woking. Los llamamos y se detuvieron mientras corríamos hacia ellos. Eran un teniente y un par de soldados rasos del octavo de húsares, con un instrumento parecido a un teodolito, que el artillero me explicó que era un heliógrafo.

—Ustedes son los primeros hombres que he visto llegar esta mañana —comentó el teniente—. ¿Qué se cuece?

Su voz y su rostro reflejaban ansiedad. Los hombres que lo seguían miraban con curiosidad. El artillero bajó del terraplén hacia la carretera y saludó.

—El cañón fue destruido anoche, señor. Me he estado ocultando. Intento volver con la batería, señor. Se encontrará con los marcianos, me imagino, a menos de un kilómetro siguiendo esta carretera.

—¿Y cómo diantre son? —preguntó el teniente.

—Gigantes armados, señor. Miden más de treinta metros. Tienen tres patas y un cuerpo como de «luminio», con una cabeza grande y potente con capucha, señor.

—¡Quite usted! —le espetó el teniente—. ¡Menudas tonterías!

—Ya lo verá, señor. Llevan una especie de caja, señor, que dispara fuego y fulmina.

—¿Qué quiere decir, un cañón?

—No, señor. —Y el artillero comenzó a describir gráficamente el rayo de calor. A media explicación, el teniente lo interrumpió y miró hacia mí. Yo seguía en el terraplén junto a la carretera.

—¿Y usted lo ha visto? —preguntó el teniente.

—Es absolutamente cierto —respondí.

—Bueno —dijo el teniente—, supongo que también tengo que verlo. Mire usted —se dirigió al artillero—, estamos destacados aquí y nos dedicamos a sacar a la gente de sus casas. Más vale que siga y se presente ante el general de brigada Marvin, y le cuente todo lo que sabe. Está en Weybridge. ¿Conoce el camino?

—Yo sí —intervine yo, y el teniente hizo girar su caballo otra vez hacia el sur.

—¿Menos de un kilómetro, ha dicho? —repitió.

—Así es —respondí, y señalé las copas de los árboles en dirección sur. Él me dio las gracias y continuó su camino, y ya no volvimos a verlos.

Más adelante, en la carretera, nos encontramos con un grupo de tres mujeres y dos niños que estaban ocupados vaciando la caseta de un peón. Habían conseguido una pequeña carretilla y la estaban llenando de fardos de ropa sucia y muebles gastados. Se habían aplicado tanto a la tarea que no nos dijeron nada cuando pasamos.

Al llegar a la estación de Byfleet salimos de los pinos y el campo resultó estar tranquilo y pacífico bajo el sol de la mañana. Nos hallábamos muy lejos del alcance del rayo de calor, y si no hubiera sido por el abandono silencioso de algunas de las casas, el movimiento agitado de los que hacían las maletas en otras y el grupo de soldados que se encontraban en el puente sobre el tren y miraban hacia la línea que se dirigía a Woking, habría parecido un domingo como cualquier otro.

Varios carros y carretas avanzaban chirriando por la carretera de Addlestone. De repente, a través de la verja de un campo, vimos en un tramo de prado llano seis cañones de doce libras cuidadosamente equidistantes, señalando hacia Woking. Los artilleros estaban esperando junto a los cañones, y los carros de munición se hallaban a la distancia reglamentaria. Los hombres estaban apostados casi como si fueran a pasar revista.

—¡Qué bien! —exclamé—. ¡Harán un buen disparo, en cualquier caso!

El artillero dudó.

—Debo continuar —comentó.

Al acercarnos a Weybridge, justo pasado el puente, había unos cuantos hombres con chaquetas blancas de uniforme que levantaban un largo terraplén, y más cañones detrás.

—Son arcos y flechas contra el rayo… —opinó el artillero—. Aún no han visto ese rayo de fuego.

Los oficiales que no participaban activamente en todo aquello permanecían mirando por encima de las copas de los árboles hacia el sudoeste, y los hombres que cavaban iban parando de vez en cuando para mirar en la misma dirección.

Byfleet estaba muy alborotado. Se veía gente que hacía las maletas, y una veintena de húsares, algunos de los cuales habían desmontado y otros seguían a caballo, que les iban detrás. Tres o cuatro carros negros del gobierno, con cruces dentro de círculos blancos, y un viejo ómnibus, entre otros vehículos, se estaban cargando en la calle del pueblo. Había montones de gente, mucha vestida con sus mejores ropas, respetando la tradición del domingo. A los soldados les costaba mucho conseguir que entendieran la gravedad de su situación. Vimos a un viejo arrugado con una caja enorme y más de una veintena de macetas con orquídeas, que se quejaba enfadado al caporal porque quería dejarlas. Me paré y le agarré del brazo.

—¿Sabe lo que hay allí? —le espeté, y señalé las copas de los pinos que ocultaban a los marcianos.

—¿Eh? —se volvió—. ¡Le estaba explicando que valen mucho!

—¡La muerte! —grité—. ¡La muerte se acerca! ¡La muerte!

Me callé para que se lo pensara, si es que podía, y salí corriendo tras el artillero. En la esquina volví la vista. El soldado lo había dejado solo, y el viejo seguía ahí junto a su caja, con los maceteros de orquídeas sobre la tapa, mirando distraídamente hacia los árboles.

En Weybridge nadie supo decirnos dónde habían establecido el cuartel general; el lugar estaba sumido en una confusión que no había visto nunca en ningún otro lugar. Carros y carruajes por todas partes, la miscelánea más increíble de vehículos de transporte y caballos. Los respetables habitantes del lugar, hombres vestidos con ropa de golf y trajes para pasear en barca y esposas muy bien arregladas, hacían las maletas mientras los haraganes que merodeaban junto al río los ayudaban enérgicamente; los niños estaban excitados y, en general, encantados con aquella variación increíble de las actividades de los domingos. En mitad de todo aquello, el honorable sacerdote estaba celebrando valientemente una ceremonia temprana, y su campana resonaba por encima de la agitación.

Sentados en el escalón de la fuente, el artillero y yo hicimos una comida muy pasable con lo que nos habíamos traído. Había patrullas de soldados, ya no húsares, sino granaderos vestidos de blanco que advertían a la gente que debía marcharse ya o refugiarse en sus bodegas en cuanto empezaran los disparos. Al cruzar el puente del tren vimos que en la estación y sus alrededores se había reunido una multitud creciente de personas, y que el atestado andén estaba repleto de cajas y paquetes. El tráfico ordinario se había detenido, creo, para permitir que pasaran tropas y cañones hacia Chertsey, y luego he sabido que la gente luchó ferozmente para conseguir plaza en los trenes especiales que pusieron más tarde.

Estuvimos en Weybridge hasta el mediodía, y a esa hora nos encontramos en un lugar cerca de Shepperton Lock donde se unen el Wey y el Támesis. Pasamos parte del tiempo ayudando a dos mujeres mayores a empaquetar un carrito. El Wey tiene una desembocadura triple donde se pueden alquilar barcas, y había un ferri al otro lado del río. En el lado de Shepperton había una posada con césped, y más allá, el campanario de la iglesia de Shepperton —que ha sido sustituido por una aguja— se alzaba por encima de los árboles.

Allí nos encontramos con una muchedumbre exasperada y ruidosa de fugitivos. El pánico aún no se había adueñado de ellos, pero ya había mucha más gente de la que las barcas que iban y venían podían admitir. La gente llegaba jadeando porque llevaba mucho peso; incluso un marido y su esposa cargaban entre los dos la pequeña puerta de un excusado, sobre la que llevaban algunos objetos de valor apilados. Un hombre nos explicó que intentaba huir saliendo de la estación de Shepperton.

Había muchos gritos, y un hombre incluso bromeaba. La idea que se había hecho la gente era que los marcianos eran seres humanos formidables que podrían atacar y saquear, pero que desde luego acabarían destruidos. De vez en cuando la gente miraba nerviosa el Wey, los prados que se extendían en dirección a Chertsey, aunque allí todo estaba tranquilo.

Al otro lado del Támesis reinaba el silencio en todas partes menos donde se desembarcaba, lo que contrastaba vivamente con la orilla de Surrey. La gente que desembarcaba allí continuaba a pie por el camino. El ferri grande acababa de hacer un viaje. Había tres o cuatro soldados en el césped de la posada, mirando a los fugitivos y bromeando, sin ofrecerles ayuda. La posada estaba cerrada, porque eran las horas de descanso dominical.

—¿Qué ha sido eso? —preguntó un barquero.

—¡Cállate, estúpido! —exclamó un hombre cerca de mí a un perro que aullaba.

Entonces volvió a oírse el ruido, esta vez procedente de Chertsey, un ruido sordo, amortiguado: el disparo de un cañón.

La lucha estaba comenzando. Casi de inmediato, al otro lado del río y a nuestra derecha, unas baterías invisibles, cubiertas por los árboles, se unieron al coro con una sucesión intensa de disparos. Una mujer gritó. Todo el mundo se detuvo a causa de la conmoción repentina de la batalla, cercana y sin embargo invisible para nosotros. No se veía nada salvo campos llanos, vacas, la mayoría de las cuales rumiaban despreocupadas, y sauces plateados y desmochados inmóviles bajo la luz cálida del sol.

—Los soldados los pararán —afirmó una mujer junto a mí, aunque por su tono no parecía muy convencida.

Una neblina se alzó por encima de las copas de los árboles. Entonces, de repente, vimos cómo ascendía el humo a lo lejos, río arriba: era una ráfaga de humo que se agitaba y cernía por los aires, y la tierra no tardó en temblar bajo nuestros pies y una explosión tremenda hizo añicos dos o tres ventanas en las casas cercanas, lo cual nos dejó estupefactos.

—¡Ya están aquí! —gritó un hombre vestido con un jersey azul—. ¡Allá! ¿Los ven? ¡Allá!

Rápidamente, uno tras otro, aparecieron uno, dos, tres, cuatro marcianos armados sobre los arbolitos, al otro lado de las praderas llanas que se extienden hacia Chertsey, avanzando a grandes zancadas hacia el río. Al principio parecían figuritas encapuchadas, que se movían balanceándose, tan rápidas como pájaros volando.

Luego, desplazándose oblicuamente hacia nosotros, llegó el quinto. Sus cuerpos armados brillaban bajo el sol mientras se deslizaban a toda velocidad, y su tamaño iba aumentado al acercarse. Uno que estaba en el extremo izquierdo, es decir, el más alejado, agitó un estuche enorme por los aires, y el terrible y fantasmal rayo de calor que ya había visto el viernes por la noche atacó y fulminó Chertsey.

Al ver estas extrañas, veloces y terribles criaturas, la multitud que había en la orilla pareció quedarse paralizada por el horror un instante. No hubo gritos ni chillidos, sino silencio. Luego se oyó un murmullo ronco y pies que se movían, chapoteando en el agua. Un hombre que estaba demasiado asustado para soltar el baúl que cargaba al hombro se dio la vuelta bruscamente y me hizo tambalearme al golpearme con la esquina de su peso. Una mujer me empujó con la mano y pasó a toda velocidad por mi lado. Yo me volví con la multitud desatada, pero el terror no me impidió pensar. Pensaba en el terrible rayo de calor. ¡Meterme en el agua! ¡Eso tenía que hacer!

—¡Métanse en el agua! —grité, sin que me hicieran caso.

Me volví otra vez, atravesé corriendo la playa de grava y me metí precipitadamente en el agua, en dirección al marciano que se acercaba.

Otros hicieron lo mismo. Los pasajeros de una barca que volvía a la otra orilla salieron dando saltos y se cruzaron conmigo. Bajo mis pies las piedras estaban embarradas y resbaladizas, y el río era tan poco profundo que debí de correr más de seis metros sin que me cubriera más allá de la cintura. Entonces, al ver que el marciano se alzaba a menos de doscientos metros de mi cabeza, me hundí bajo la superficie. El chapoteo de la gente que saltaba desde los barcos al río resonaba como truenos en mis oídos. La gente salía a toda prisa a ambas orillas del río.

No obstante, la máquina marciana no se fijó en la gente que corría por aquí y por allá más de lo que un hombre se fijaría en la confusión de las hormigas cuyo hormiguero hubiera pateado. Cuando, medio ahogado, saqué la cabeza del agua, la capucha marciana apuntaba hacia las baterías que aún disparaban por encima del río, y al avanzar meneaba lo que debía de ser el generador del rayo de calor.

Al cabo de un instante llegó a la orilla, y de una zancada recorrió la mitad del camino. Flexionó las rodillas de sus patas delanteras en la otra orilla, y volvió a alzarse hasta recuperar su altura total cerca del pueblo de Shepperton. A continuación, los seis cañones que habían permanecido ocultos tras aquel pueblo, sin que nadie de la orilla derecha lo supiera, dispararon al unísono. Las sacudidas repentinas y consecutivas, la última casi superpuesta a la primera, me sobrecogieron intensamente. Pero el monstruo ya estaba alzando el estuche que generaba el rayo de calor cuando el primer proyectil estalló a menos de seis metros por encima de la capucha.

Grité de asombro. Ni vi ni me acordé de los otros cuatro monstruos marcianos, mi atención estaba concentrada en el incidente más cercano. Dos proyectiles más estallaron al unísono cerca del cuerpo mientras la capucha giraba justo para recibir, sin poder esquivarla, una cuarta carga.

El proyectil se estampó contra la cara de aquella criatura. La capucha saltó, refulgió y estalló en una docena de fragmentos de carne roja y metal centelleante.

—¡Tocado! —grité, en lo que también era un vítor.

Oí otros gritos de la gente que me rodeaba en el río. Estaba tan exultante que podría haber salido del agua en aquel instante.

El coloso decapitado daba vueltas como un gigante borracho, pero no cayó. Recuperó milagrosamente el equilibrio, y, como ya no orientaba sus pasos y sostenía rígida la cámara que disparaba el rayo de calor, se tambaleaba a toda velocidad hacia Shepperton. El ser vivo inteligente, el marciano dentro de la capucha, estaba muerto y desperdigado, por lo que aquella cosa no era más que un aparato complejo de metal que se abalanzaba hacia su destrucción. Recorrió una línea recta, incapaz de orientarse. Alcanzó el campanario de la iglesia de Shepperton y lo destrozó como si fuera un ariete, viró hacia un lado, continuó dando tumbos y acabó derrumbándose con una fuerza tremenda en el río, de modo que lo perdí de vista.

Una explosión violenta sacudió el aire y un chorro de agua, vapor, barro y metal destrozado salió disparado por el cielo. Cuando la cámara del rayo de calor tocó el agua la transformó en vapor. Una ola enorme, como un macareo revuelto pero casi hirviendo de tan caliente, se acercó remontando la curva río arriba. Vi a la gente peleando por llegar a la orilla, y oí los gritos y chillidos débiles por encima del hervor y el estruendo del desplome del marciano.

Por un instante hice caso omiso del calor, olvidé la necesidad evidente de conservar la vida y me metí en el agua turbulenta, para lo cual tuve que apartar a un hombre vestido de negro, hasta que volví a ver la curva. Media docena de barcas abandonadas cabeceaban a la deriva entre la confusión de las olas. El marciano caído volvió a aparecer río abajo, extendido en el agua y en gran parte sumergido.

Salían gruesas nubes de humo de los restos, y a través de las volutas que se arremolinaban tumultuosas, vislumbraba de forma intermitente las extremidades gigantescas revolviendo el agua y salpicando barro y espuma por los aires. Los tentáculos se meneaban y agitaban como brazos vivos, y, si se olvida el sinsentido y la inutilidad de tales movimientos, era como si una criatura herida luchara por sobrevivir entre las olas. De la máquina brotaban unos ruidosos y enormes chorros de líquido marrón rojizo.

Me distrajo de este bullicio mortal un griterío furioso, como el que emite esa cosa llamada sirena en nuestras poblaciones manufactureras. Un hombre, metido hasta las rodillas cerca del camino de sirga, gritaba algo que no entendía en dirección a mí y señalaba algo. Al volver la vista, vi a los otros marcianos avanzando a pasos gigantes por la orilla del río, procedentes de Chertsey. En esta ocasión los cañones de Shepperton hablaron en vano.

Al verlos me metí de inmediato en el agua y, aguantando la respiración hasta que moverme me resultó un tormento, avancé tanto como pude, a trompicones y dolorido. El agua había formado un torbellino a mi alrededor, y aumentaba de temperatura rápidamente.

Cuando saqué la cabeza un instante para tomar aliento y apartarme el pelo y el agua de los ojos, vi que el vapor se alzaba formando una niebla blanca arremolinada que en un principio ocultó por completo a los marcianos. El ruido era ensordecedor. Entonces atisbé sus figuras colosales de color gris magnificadas por la bruma. Habían pasado por mi lado, y dos de ellos se estaban inclinando hacia los restos espumosos y convulsos de su compañero.

El tercero y el cuarto permanecían junto a él en el agua. Uno de ellos debía de estar a menos de doscientos metros de mí, el otro se orientaba hacia Laleham. Los generadores de los rayos de calor apuntaban alto, y los rayos sibilantes salían fulminantes en varias direcciones.

El aire estaba lleno de sonidos, ruidos ensordecedores y confusos que chocaban entre ellos: el estruendo metálico de los marcianos; el estrépito de las casas al caer; el ruido sordo que proferían árboles, vallas y cabañas al incendiarse, y el chisporroteo y el rugido del fuego. Se estaba formando un humo denso y negro que se mezclaba con el vapor procedente del río,

y mientras el rayo de calor peinaba Weybridge, su impacto quedaba marcado por destellos de blanco incandescente que de inmediato provocaban una danza humeante de llamas refulgentes. Las casas más cercanas seguían intactas, aguardando su destino, oscuras, imprecisas y pálidas al sumirse en el vapor, mientras el fuego recorría el campo tras ellas.

Creo que permanecí así un segundo, con el agua casi hirviendo hasta la altura del pecho, atónito, sin esperanza de escapar. A través del vapor veía a la gente que estaba conmigo en el río saliendo como podía del agua entre los juncos, como ranitas que huyeran por la hierba del avance de un hombre, o que corrían arriba y abajo, totalmente consternados, por el camino de sirga.

De pronto, los destellos blancos del rayo de calor saltaron hacia mí. Las casas cedían como si se disolvieran cuando el rayo las rozaba, y lanzaban llamas; los árboles rugían al volverse fuego. El rayo barría el camino de sirga, relamiendo a la gente que corría de un lado a otro, y alcanzó el borde del agua a menos de cincuenta metros de donde yo estaba. Recorrió el río entero hasta Shepperton, y a su paso el agua formó una protuberancia que hervía emanando vapor. Me volví hacia la orilla.

Y entonces una ola enorme, que prácticamente había alcanzado el punto de ebullición, se abalanzó sobre mí. Grité mucho y me escaldé, medio cegado y agonizando fui tambaleándome por el agua, que saltaba y silbaba, hacia la orilla. Un solo tropiezo habría sido mi fin. Caí sin poder evitarlo, a la vista de los marcianos, en la barra amplia y desnuda de grava que marca la confluencia del Wey y el Támesis. No esperaba otra cosa que la muerte.

Tengo el recuerdo del pie de un marciano que descendió a menos de veinte metros de mi cabeza, pisando la grava suelta, girando aquí y allá y alzándose otra vez; y también el recuerdo de un largo suspense, y de ver a los cuatro marcianos cargando entre todos los restos de su compañero, ahora clara y entonces vagamente a través de un velo de humo, en lo que me pareció un retroceso interminable por un vasto espacio de ríos y prados. Y entonces me percaté muy lentamente de que había escapado de milagro.

13
CÓMO ME ENCONTRÉ CON EL CURA

Tras la repentina lección sobre el poder de las armas terrestres, los marcianos se retiraron a su posición original en Horsell Common, y con las prisas y cargados con los restos de su compañero destrozado, sin duda pasaron por alto muchas víctimas perdidas e insignificantes, como yo mismo. Si hubieran abandonado a su compañero y continuado de inmediato, nada se habría interpuesto entre Londres y ellos salvo las baterías de cañones de doce libras, y estoy seguro de que habrían alcanzado la capital antes de que se supiera que se aproximaban; su llegada habría resultado tan repentina, espantosa y destructiva como el terremoto que destruyó Lisboa hace un siglo.

Pero no tenían prisa. Un cilindro tras otro describía su vuelo interplanetario; cada veinticuatro horas recibían refuerzos. Y mientras tanto las autoridades militares y navales, que ya eran plenamente conscientes del poder tremendo de sus antagonistas, trabajaban movidas por una energía furiosa. A cada minuto un nuevo cañón tomaba posición, hasta que, antes del crepúsculo, todos los bosquecillos, todas las hileras de casas de las laderas empinadas alrededor de Kingston y Richmond ocultaban una boca negra expectante. Y por el área carbonizada y desolada que rodeaba el campamento marciano de Horsell Common —que debía de ocupar unos treinta kilómetros cuadrados—, en los pueblos calcinados y en ruinas entre los árboles verdes, en las arcadas ennegrecidas y humeantes que hasta el día anterior eran pequeños pinares, se arrastraban los entregados exploradores con sus heliógrafos, que servían para advertir a los artilleros del acercamiento marciano. Pero los marcianos ya habían comprendido nuestro dominio de la artillería y el peligro de la proximidad humana, y ningún hombre se aventuraba a menos de kilómetro y medio de cualquier cilindro, si no quería perder la vida.

Parecía que estos gigantes se habían pasado la primera parte de la tarde yendo y viniendo, trasladando todo el contenido del segundo y el tercer cilindro —el segundo en los campos de golf de Addlestone y el tercero en Pyrford— a su hoyo original, en Horsell Common. Por encima del brezo renegrido y los edificios en ruinas que se extendían por doquier uno de ellos hacía guardia, mientras los demás abandonaban sus enormes máquinas guerreras y descendían al hoyo. Estuvieron muy ocupados hasta bien entrada la noche, y la columna ascendente de humo verde y denso que de allí surgía se veía desde las colinas de Merrow, e incluso, se dice, desde Banstead y Epsom Downs.

Y mientras los marcianos detrás de mí se preparaban de este modo para su siguiente incursión, y la humanidad ante mí se congregaba para la batalla, salí con infinito dolor y esfuerzo del fuego y el humo de Weybridge, que ardía, en dirección a Londres.

Vi una barca abandonada, muy pequeña y lejana, que se iba río abajo, y tras quitarme gran parte de la ropa empapada fui tras ella, la alcancé y escapé así de aquella destrucción. No tenía remos, pero logré remar tanto como me lo permitieron las manos escaldadas, avanzando lenta y pesadamente hacia Halliford y Walton, mientras miraba, como comprenderán, por encima del hombro. Seguía el río porque me parecía que en el agua tendría más oportunidades de escapar si los gigantes regresaban.

El agua calentada por el desplome del marciano me acompañaba río abajo, por lo que durante casi una milla apenas vi nada a cada lado. No obstante, en una ocasión conseguí distinguir una sucesión de figuras negras corriendo por los prados, procedentes de Weybridge. Halliford, al parecer, estaba desierto, y varias casas que daban al río estaban en llamas. Resultaba extraño ver el lugar tan tranquilo y solitario bajo el cielo cálido y azul, con el humo y lo que quedaba de las llamas alzándose hacia el calor de la tarde. Nunca antes había visto casas ardiendo sin una multitud delante. Un poco más adelante los juncos de la orilla humeaban y brillaban, y una línea de fuego interior avanzaba sin cesar a través de un campo de heno tardío.

Seguí a la deriva durante mucho rato, pues estaba infinitamente dolorido y agotado tras la violencia que había sufrido, y el calor del agua era terriblemente intenso. Entonces los miedos se apoderaron otra vez de mí y volví a remar. El sol me abrasaba la espalda desnuda. Por fin, cuando vi el puente de Walton al girar la curva, la fiebre y la debilidad disiparon mis miedos, desembarqué en la orilla de Middlesex y me eché, muy mareado, en la hierba larga. Me imagino que debían de ser las cuatro o las cinco. En algún momento me levanté, caminé casi un kilómetro sin hallar un alma y volví a echarme otra vez a la sombra de un seto. Creo recordar que estuve divagando, hablando conmigo mismo, cuando hice este último esfuerzo. También tenía mucha sed, y me lamentaba amargamente de no haber bebido más agua. Resulta curioso que estuviera enfadado con mi esposa, no recuerdo por qué, pero el deseo impotente de llegar a Leatherhead me preocupaba en exceso.

No me acuerdo con claridad de la llegada del cura, así que debí de quedarme dormido. De repente me di cuenta de que había una figura sentada, con las mangas de la camisa manchadas de hollín, y el rostro bien afeitado vuelto hacia un débil parpadeo que bailaba en el cielo. El cielo estaba lo que se dice aborregado, cubierto por varias hileras de débiles nubes de plumón teñidas del crepúsculo de pleno verano.

Me incorporé, y al oír el susurro de mi movimiento me lanzó una mirada rápida.

—¿Tiene agua? —pregunté abruptamente. Meneó la cabeza.

—Lleva una hora pidiendo agua —explicó.

Nos quedamos en silencio un instante, examinándonos mutuamente. Me atrevería a afirmar que le resultaba una figura bastante extraña: iba desnudo a excepción de los pantalones y los calcetines empapados, estaba escaldado y tenía la cara y los hombros ennegrecidos por el humo. Su rostro era simple y hermoso, tenía la barbilla retraída, y el cabello le caía en rizos encrespados, casi blondos por la frente; sus ojos eran bastante grandes, de un azul pálido, y miraban vacíos. Habló bruscamente, con la mirada hueca apartada de mí.

—¿Qué son? —preguntó—. ¿Qué son esas cosas?

Lo miré sin responder.

Alargó una mano fina y blanca, y habló en un tono casi quejumbroso.

—¿Por qué se permiten esas cosas? ¿Qué pecados hemos cometido? Había terminado el servicio matutino, iba paseando por los caminos para despejar la cabeza para la tarde, y entonces, ¡fuego, terremoto, muerte! ¡Como si fuera Sodoma y Gomorra! ¡Toda nuestra obra deshecha, toda la obra...! ¿Qué son estos marcianos?

—¿Qué somos nosotros? —pregunté, aclarándome la garganta. Se agarró las rodillas y se volvió otra vez para mirarme. Se quedó observándome en silencio durante tal vez medio minuto.

—Yo iba paseando por los caminos para despejar la cabeza —repitió—. Y de repente... ¡fuego, terremoto, muerte!

Y volvió a sumirse en el silencio, y esta vez hundió la barbilla casi hasta las rodillas; entonces empezó a agitar la mano.

—Toda la obra, todas las sesiones dominicales... ¿Qué hemos hecho? ¿Qué ha hecho Weybridge? Todo ha desaparecido... todo destruido. ¡La iglesia! La reconstruimos hace solo tres años. ¡Ya no está! ¡La han exterminado! ¿Por qué? —Hizo otra pausa y volvió a estallar como un demente—. ¡Su humo sube para siempre jamás! —exclamó. Le ardía la mirada, y señaló con un dedo flaco en dirección a Weybridge.

Yo ya empezaba a tomarle la medida. La tremenda tragedia en la que se había visto involucrado, pues era evidente que había huido de Weybridge, lo había conducido al borde la locura.

—¿Estamos lejos de Sunbury? —pregunté sin exaltarme.

—¿Qué vamos a hacer? —replicó él—. ¿Hay criaturas de esas por todas partes? ¿Se les ha cedido la Tierra?

—¿Estamos lejos de Sunbury?

—Pero si esta mañana temprano he celebrado una misa...

—Las cosas han cambiado —le interrumpí en voz baja—. Debe mantener la cordura. Aún hay esperanza.

—¡Esperanza!

—Sí. Una gran esperanza... ¡pese a toda esta destrucción!

Comencé a explicar cómo veía yo la situación. Al principio escuchaba, pero a medida que fui avanzando el interés menguante en sus ojos dio paso a la mirada anterior, que apartó de mí.

—Este debe de ser el principio del fin... —me interrumpió—. ¡El fin! ¡El gran y terrible día del señor! Cuando los hombres llamarán a las montañas y rocas para cubrirlos y ocultarlos... ¡ocultarlos del rostro de aquel que se sienta en el trono!

Comencé a entender qué era lo que ocurría. Abandoné mis razonamientos elaborados, me esforcé por ponerme en pie y apoyé la mano en su hombro.

—¡Compórtese como un hombre! —le espeté—. ¡Reprima ese miedo! ¿Para qué sirve la religión si se hunde ante la calamidad? ¡Piense en lo que los terremotos, las inundaciones, las guerras y los volcanes han hecho antes a los hombres! ¿Pensaba que Dios había exonerado a Weybridge? No es un agente de seguros, hombre...

El cura se quedó un momento sumido en un silencio inexpresivo.

—Pero ¿cómo podemos escapar? —preguntó de repente—. Son invulnerables, son implacables...

—Ni lo uno, ni, quizá, lo otro —repliqué—. Y cuanto más fuertes sean, más cuerdos y cautelosos deberíamos mostrarnos. Allá han matado a uno de ellos, no hace ni tres horas.

—¡Matado! —exclamó mirando a su alrededor—. ¿Cómo pueden matar a los ministros de Dios?

—He visto cómo ha sido —continué explicándole—. Resulta que nos hemos encontrado en el centro de la acción, eso es todo.

—¿Qué es ese parpadeo en el cielo? —preguntó abruptamente.

Le dije que eran las señales del heliógrafo, las señales de ayuda y esfuerzo humano en el cielo.

—Estamos en plena acción —insistí—, aunque ahora haya tranquilidad. Ese parpadeo en el cielo indica que se avecina una tormenta. Creo que allá están los marcianos, y hacia Londres, donde se alzan esas colinas alrededor de Richmond y Kingston, al amparo de los árboles, están levantando terraplenes y colocando los cañones. Y ahora los marcianos volverán por este camino.

Mientras todavía hablaba el cura se puso en pie de un salto y me detuvo con un gesto.

—¡Escuche!

Detrás de las colinas bajas del otro lado del agua se oyó la resonancia amortiguada de los cañones, a lo lejos, y un griterío remoto y extraño. Luego todo quedó en silencio. Un escarabajo se acercó zumbando por encima del seto y pasó por nuestro lado. En lo alto, al oeste, la luna creciente colgaba tenue y pálida por encima del humo de Weybridge y Shepperton y el esplendor cálido y quieto del atardecer.

—Más vale que sigamos este camino —indiqué—. Hacia el norte.

14
EN LONDRES

Mi hermano menor estaba en Londres cuando los marcianos cayeron en Woking. Estudiaba medicina, se estaba preparando para un examen inminente, y no se enteró de su llegada hasta el sábado por la mañana. Los periódicos matutinos del sábado publicaban, además de extensos artículos especiales sobre el planeta Marte, la vida en otros planetas y temas similares, un telegrama breve y formulado de manera vaga, que impresionaba sobre todo por su brevedad.

Alarmados por la multitud que se aproximaba, los marcianos habían matado a varias personas con un arma de repetición, decía la noticia. El telegrama concluía con las palabras: «Por muy formidables que aparenten ser, los marcianos no han salido del hoyo en el que han caído, y lo cierto es que parecen incapaces de hacerlo. Probablemente se debe a la fuerza relativa de la energía gravitatoria de la Tierra». Los editorialistas se explayaron cómodamente en esa última parte del texto.

Claro que todos los estudiantes de la clase preparatoria de biología en la que mi hermano pasó aquel día estaban sumamente interesados, pero no había señales de alarma inusual en las calles. Los periódicos de la tarde adornaron lo que tenían bajo grandes titulares.

Hasta las ocho no tuvieron nada que contar aparte de los movimientos de tropas en el campo comunal, y el incendio de los pinares entre Woking y Weybridge. Luego, en una edición extra especial, el *St. James Gazette* anunció sin más que se había interrumpido la comunicación telegráfica porque habían caído unos pinos ardiendo en la línea. Aquella noche, la noche en que fui y volví de Leatherhead, no se supo nada más acerca de la lucha.

Mi hermano no estaba preocupado por nosotros, pues sabía por la descripción de los periódicos que el cilindro quedaba a más de tres kilómetros de mi casa. Decidió ir a visitarme aquella noche, para, según me cuenta, ver aquellas cosas antes de que las mataran. A eso de las cuatro de la tarde envió un telegrama que jamás me llegó, y pasó la tarde en un *music hall.*

En Londres también hubo una tormenta el sábado por la noche, y mi hermano llegó a Waterloo en coche de caballos. En el andén de donde suele salir el tren de medianoche se enteró, tras esperar un rato, de que un accidente impedía a los convoyes llegar a Woking aquella noche. No logró determinar la naturaleza del accidente, pues las autoridades ferroviarias no lo sabían en aquel momento. La estación no estaba muy agitada, ya que, al pensar que lo que había ocurrido en la línea entre Byfleet y el cruce de Woking no era más que una avería, los oficiales habían puesto a circular los trenes del teatro que normalmente pasaban por Woking dando la vuelta por Virginia Water o Guilford. Estaban ocupados haciendo los preparativos necesarios para alterar la ruta de los trayectos de Southampton y Portsmouth para la liga del domingo. Un reportero nocturno, que confundió a mi hermano con el jefe de la estación, pues se parecen un poco, lo abordó y trató de entrevistarlo. Pocas personas, a excepción de los funcionarios del ferrocarril, relacionaban la avería con los marcianos.

He leído, en otra descripción de estos mismos hechos, que el domingo por la mañana «todo Londres estaba electrizado por las noticias de Woking». De hecho, nada justificaba esa frase tan extravagante. Muchos londinenses no supieron de los marcianos hasta el pánico del lunes por la mañana, y solo los que se pararon a analizar lo que transmitían los telegramas redactados a toda prisa en los periódicos del domingo. La mayoría de la gente de Londres no lee los periódicos del domingo.

Además, los londinenses tienen tan asumido que están protegidos, y la información sorprendente es tan habitual en los periódicos que pudieron leer lo siguiente sin estremecerse en absoluto: «en torno a las siete de la tarde de anoche los marcianos salieron del cilindro, y, desplazándose bajo una armadura de escudos metálicos, han destrozado completamente la estación de Woking con las casas adyacentes, y masacrado a un batallón entero del regimiento de Cardigan. Se desconocen los detalles. Las Maxim han resultado totalmente inútiles contra su armadura, y se han inutilizado los cañones de campaña. Los húsares que han logrado huir han llegado galopando hasta Chertsey. Los marcianos parecían moverse más lentamente en dirección a Chertsey o Windsor. La ansiedad inunda el oeste de Surrey, y se está preparando el terreno para vigilar el avance en dirección a Londres». Así fue como lo explicó el *Sunday Sun,* y un astuto y sorprendente artículo a modo de «manual» en el *Referee* comparaba el asunto con que de repente hubieran soltado animales salvajes en un pueblo.

En Londres nadie sabía a ciencia cierta cuál era la naturaleza de los marcianos armados, y se mantenía la idea fija de que debían de ser lentos; «se arrastran» y «se mueven con mucho esfuerzo» eran expresiones habituales en casi todos los primeros informes. Sin duda, ninguno de los telegramas había sido escrito por un testigo ocular de su avance. Los periódicos del domingo sacaron otras ediciones al llegar más noticias, algunos lo hicieron aunque no las hubiera. Pero no tuvieron prácticamente nada más que contar a la gente hasta última hora de la tarde, cuando las autoridades comunicaron a las agencias de prensa lo que sabían. Se afirmó que la gente de Walton y Weybridge, y de toda aquella zona, se dirigía en riadas hacia Londres, y eso fue todo.

Mi hermano fue a la iglesia del Foundling Hospital por la mañana, sin saber aún lo que había sucedido la noche anterior. Allí oyó que hacían alusiones a la invasión, y hubo una oración especial por la paz. Al salir compró un *Referee.* Se asustó al leer las noticias que contenía, y volvió a la estación de Waterloo para saber si se había restablecido la línea. Los ómnibus, carruajes, ciclistas e innumerables personas que paseaban con sus mejores ropas apenas parecían afectados por la extraña noticia que difundían los vendedores de periódicos. La gente solo mostraba interés, o, si se alarmaba, solo se alarmaba por los residentes de aquellas ciudades. En la estación oyó por primera vez que las líneas de Windsor y Chertsey estaban interrumpidas. Los mozos le explicaron que por la mañana habían recibido varios telegramas sorprendentes de las estaciones de Byfleet y Chertsey, pero que súbitamente habían dejado de llegar. Mi hermano no consiguió obtener detalles muy precisos al respecto. «Están peleando en Weybridge» era todo lo que sabían.

El servicio ferroviario se había vuelto muy desorganizado. En la estación había bastantes personas esperando a amigos procedentes de puntos de la red del sudoeste. Un caballero anciano con el pelo gris se acercó e insultó amargamente a la South-Western Company ante mi hermano.

—Hay que desenmascararla —se justificó.

Llegaron uno o dos trenes procedentes de Richmond, Putney y Kingston con personas que habían salido a pasear en barca y se encontraron las esclusas cerradas y la sensación de pánico en el aire. Un hombre con un *blazer* azul y blanco le contó a mi hermano un montón de noticias extrañas.

—Hay multitud de personas que se dirigen hacia Kingston en carruajes, carros y cosas así, con cajas de objetos de valor y todo eso —explicó—. Vienen de Molesey, Weybridge y Walton, y dicen que han oído cañones en Chertsey, muchos disparos, y que unos soldados montados les han dicho que se marcharan enseguida porque venían los marcianos. Nosotros oímos que disparaban cañones en la estación de Hampton Court, pero pensamos que eran truenos. ¿Qué diantre quiere decir todo eso? Los marcianos no pueden salir de su hoyo, ¿verdad?

Mi hermano no sabía qué decirle.

Más adelante descubrió que la sensación de inquietud se había extendido a los clientes del metro, y que los excursionistas domingueros empezaban a volver de todos los «pulmones» del sudoeste —como Barnes, Wimbledon, Richmond Park y Kew— a horas demasiado tempranas, pero ninguno de ellos sabía más que las vaguedades que había oído. Todos los que tenían que pasar por la estación terminal parecían de mal humor.

A eso de las cinco, el gentío que se acumulaba en la estación estaba tremendamente excitado por la apertura de la línea, que casi siempre está cerrada, entre las estaciones del sudeste y el sudoeste, y porque pasaron vagones cargados con cañones enormes y repletos de soldados. Esas fueron las armas que llevaron desde Woolwich y Chatham para cubrir Kingston. Hubo un intercambio de comentarios jocosos: «¡Os vamos a comer! ¡Somos domadores de fieras!», y cosas por el estilo. Al cabo de un rato una brigada policial llegó a la estación y empezó a despejar los andenes, y mi hermano regresó a la calle.

Las campanas de la iglesia tocaban a vísperas, y un pelotón de muchachas del ejército de salvación bajó cantando por Waterloo Road. En el puente, unos cuantos haraganes observaban una extraña espuma marrón que llegaba a rachas con la corriente. El sol se estaba poniendo, y la Torre del reloj y las casas del Parlamento se alzaban en contraste con uno de los cielos más pacíficos que se puedan imaginar, un cielo de oro, atravesado por largas franjas transversales de nubes púrpuras y rojizas. Se habló de un cuerpo que flotaba. Uno de los hombres que había allí, y que dijo que era reservista, explicó a mi hermano que había visto el heliógrafo parpadeando en el oeste.

En Wellington Street mi hermano se encontró con una pareja de mozos corpulentos que acababan de salir disparados de Fleet Street cargando periódicos, todavía húmedos, con titulares llamativos: «¡Terrible catástrofe!», se gritaban el uno al otro por Wellington Street.

«¡Lucha en Weybridge! ¡La descripción entera! ¡Rechazo de los marcianos! ¡Londres en peligro!». Tuvo que dar tres peniques por un ejemplar de ese periódico.

Fue entonces, y solo entonces, cuando empezó a percatarse del poder de aquellos monstruos y el terror que infundían. Se enteró de que no eran solamente un puñado de criaturas pequeñas y lentas, sino mentes que movían enormes cuerpos mecánicos que podían desplazarse rápidamente y atacar con tanta contundencia que ni siquiera los cañones más potentes podían hacerles frente.

Los describían como «máquinas enormes semejantes a arañas, de más de treinta metros de alto, que podían alcanzar la velocidad de un tren expreso y disparar un rayo de calor intenso». Se habían colocado baterías ocultas, sobre todo cañones de campaña, por el campo en torno a Horsell Common, y especialmente en la región entre Woking y Londres. Habían visto a cinco de aquellas máquinas desplazarse hacia el Támesis, y una de ellas, por una afortunada casualidad, había sido destruida. En otros casos los proyectiles habían fallado, mientras que los rayos de calor habían aniquilado totalmente las baterías. Se mencionaban numerosas pérdidas de soldados, pero el tono del parte era optimista.

Habían logrado repeler a los marcianos, no eran invulnerables. Se habían retirado a su triángulo de cilindros en los alrededores de Woking. Los exploradores que hacían señales con los heliógrafos avanzaban hacia ellos por todos los flancos. Los cañones se desplazaban rápidamente desde Windsor, Portsmouth, Aldershot, Woolwich, incluso desde el norte; había, entre otros, cañones alambrados de noventa y cinco toneladas procedentes de Woolwich. En conjunto había ciento dieciséis en posición o colocándose a toda prisa, cubriendo sobre todo Londres. En Inglaterra nunca había habido una concentración tan grande o tan rápida de material militar.

Se esperaba poder destruir de inmediato cualquier otro cilindro que cayera con explosivos de alta potencia, que se estaban fabricando y distribuyendo a toda velocidad. Sin duda, continuaba el informe, la situación no podía ser más anormal y grave, pero se exhortaba al público a evitar y desalentar el pánico. Aunque los marcianos eran sumamente extraños y terribles, no debía de haber más de veinte, y nosotros éramos millones.

Las autoridades tenían motivos para suponer, a juzgar por el tamaño de los cilindros, que en cada uno de ellos no había más de cinco, unos quince en total. Y por lo menos se habían deshecho de uno, si no de más. Se avisaría al público cuando el peligro se aproximara, y se estaban tomando medidas exhaustivas para proteger a la gente en las zonas residenciales amenazadas del sudoeste. Y así, reiterando y garantizando una y otra vez la seguridad de Londres y la capacidad de las autoridades para enfrentarse a las dificultades, terminaba lo que era casi una proclama.

Se imprimió con un tipo de letra enorme en un papel tan reciente que seguía húmedo, y no hubo tiempo para añadir una palabra de comentario. Resultaba curioso, opinó mi hermano, ver el modo despiadado en que habían recortado y suprimido los contenidos habituales del periódico para dejar espacio a esta información.

Por toda Wellington Street se veía a gente abriendo las páginas rosadas y leyendo, y el Strand se volvió ruidoso de repente con las voces de un ejército de vendedores que seguían a los dos primeros. Había hombres que bajaban a empujones de los autobuses para hacerse con algún ejemplar. Lo cierto es que estas noticias estimulaban inmensamente a la gente, cualquiera que fuera su apatía previa. Estaban abriendo las persianas de una tienda de mapas, me explicó mi hermano, y vio a un hombre vestido de domingo, con guantes amarillo limón incluidos, que colocaba a toda prisa mapas de Surrey en el escaparate.

Continuando por Strand hasta Trafalgar Square con el periódico en la mano, mi hermano se topó con unos cuantos fugitivos del oeste de Surrey. Había un hombre con su esposa y dos niños, que llevaba algunos muebles en un carro como los de los verduleros. Venía del puente de Westminster, y lo seguía de cerca un carro de heno con cinco o seis personas de aspecto respetable dentro, y algunas cajas y fardos. Estas personas tenían la cara demacrada, y su aspecto general contrastaba enormemente con el esplendor dominical de los que iban en los ómnibus. La gente vestida a la moda los miraba desde los coches de caballos. Se detuvieron en la plaza como si no supieran qué camino tomar, y acabaron girando hacia el este por el Strand. A cierta distancia iba un hombre con ropa de trabajo, montado en uno de esos triciclos anticuados con una ruedecita delantera. Iba sucio y tenía la cara blanca.

Mi hermano bajó por Victoria y se encontró a unas cuantas personas con idéntico aspecto. Se le había ocurrido que quizá me vería. Se percató de que había un número inusual de policías regulando el tráfico. Algunos de los refugiados intercambiaban noticias con la gente de los ómnibus. Uno de ellos afirmaba haber visto a los marcianos.

—Eran calderas con zancos, se lo digo, que iban dando zancadas como si fueran hombres.

La mayoría de los fugitivos estaban excitados y agitados por su extraña experiencia.

Pasado Victoria, los bares hacían negocio con los recién llegados. En todas las esquinas había grupos de gente leyendo los periódicos, hablando eufóricos, o mirando a los visitantes inusuales de aquel domingo. Parecían aumentar a medida que avanzaba la noche, hasta que, según mi hermano, las calles se asemejaban a la calle mayor de Epsom en día de derbi. Mi hermano habló con varios de estos fugitivos y obtuvo respuestas insatisfactorias de casi todos.

Ninguno de ellos pudo darle ninguna noticia sobre Woking, excepto un hombre que le aseguró que la población había quedado totalmente destruida la noche anterior.

—Vengo de Byfleet —explicó—. Por la mañana, temprano, ha llegado un hombre en bicicleta y ha ido de puerta en puerta advirtiéndonos que nos marcháramos. Luego han venido soldados. Hemos salido a mirar, y había nubes de humo hacia el sur, solo humo, y no se veía un alma en esa dirección. Luego hemos oído los cañones de Chertsey, y a la gente que venía de Weybridge. Así que he cerrado mi casa y he venido.

En aquel momento en las calles cundía la sensación de que había que culpar a las autoridades porque no habían conseguido librarse de los invasores sin causar todas aquellas molestias.

A eso de las ocho se oyó claramente por todo el sur de Londres el ruido de un intenso combate. Mi hermano no lo oyó debido al tráfico en las calles principales, pero logró percibirlo al meterse por las callejuelas silenciosas que daban al río.

Fue caminando desde Westminster hasta su apartamento, cerca de Regent's Park, y llegó a eso de las diez. Se había puesto muy nervioso por lo que podía haberme ocurrido, y le preocupaba la magnitud evidente del problema. Se veía inclinado a repasar, como yo había hecho el sábado, los detalles militares. Pensó en todos aquellos cañones silenciosos, expectantes, del campo repentinamente nómada, y trató de imaginarse las «calderas con zancos» de más de treinta metros.

Pasaron una o dos carretas con refugiados por Oxford Street, y varias por Marylebone Road, pero las noticias se extendían tan despacio que Regenta Street y Portland Place estaban repletas de los paseantes habituales los domingos por la noche, aunque hablaban en grupos, y resiguiendo el borde de Regent's Park había tantas parejas «deambulando» sin decir nada bajo las lámparas de gas dispersas como de costumbre. La noche era cálida y silenciosa, y un tanto opresiva; el ruido de los cañones continuaba intermitente, y pasada la medianoche parece que hubo relámpagos difusos en el sur.

Mi hermano leía y releía el periódico, y se temía que me hubiera ocurrido algo terrible. Estaba inquieto, y después de cenar volvió a salir sin rumbo fijo, regresó y trató en vano de distraerse con los apuntes para el examen. Se fue a dormir poco después de medianoche, y en la madrugada del lunes el alboroto de los que llamaban a las puertas, los pies corriendo por la calle, el tamborileo distante y el clamor de las campanas lo despertó de unos sueños escabrosos. Unos reflejos rojos bailaban en el techo. Se quedó perplejo durante un instante, preguntándose si se había hecho de día o el mundo se había vuelto loco. Entonces saltó de la cama y corrió a la ventana.

Su cuarto estaba en un ático, y asomó la cabeza. Por toda la calle oyó que resonaba una docena de veces el mismo ruido que acababa de hacer al abrir la ventana, y aparecieron cabezas sumidas en toda clase de desaliños nocturnos. Se gritaban preguntas.

—¡Que vienen! —gritó un policía, golpeando la puerta—. ¡Vienen los marcianos! —Y se dirigió a toda prisa a la puerta siguiente.

El redoble de tambores y trompetas procedía del cuartel de Albany Street, y todas las iglesias a su alcance se afanaban en matar el sueño tocando a rebato con vehemencia y desorden. Oyó el chasquido de las puertas al abrirse, y en las casas de enfrente una ventana tras otra saltaba de la oscuridad a la iluminación amarilla.

Por la calle se acercó galopando un carruaje cerrado, que al llegar a la esquina hizo un ruido súbito y estrepitoso, convertido en estruendo bajo la ventana, y fue disminuyendo lentamente al alejarse. Detrás llegaron un par de coches de caballos, precursores de una larga procesión de vehículos que huían, la mayoría de los cuales en vez de bajar la pendiente hacia Euston se dirigían a la estación de Chalk Farm, donde se estaban llenando trenes especiales hacia el noroeste.

Mi hermano pasó mucho rato mirando por la ventana, perplejo y sin reaccionar, observando cómo los policías llamaban a golpes a una puerta tras otra, y transmitían su incomprensible mensaje. Luego la puerta detrás de él se abrió, y entró el hombre que vivía al otro lado del rellano, vestido solamente con camisa, pantalones y zapatillas, con los tirantes caídos en torno a la cintura y el pelo aún desordenado por la almohada.

—¿Qué demonios pasa? —preguntó—. ¿Hay un incendio? Pero ¡qué escándalo es este!

Ambos sacaron la cabeza por la ventana, esforzándose por oír lo que gritaban los policías. La gente salía de las calles aledañas y se quedaba hablando en grupos en las esquinas.

—¿Qué diablos está ocurriendo? —preguntó el vecino de mi hermano.

Mi hermano le respondió con vaguedades y empezó a vestirse, pero iba corriendo con cada prenda hasta la ventana para no perderse nada de la excitación creciente. Y entonces, unos hombres que vendían periódicos demasiado temprano se acercaron gritando por la calle:

—¡Londres corre peligro de asfixia! ¡Forzadas las defensas de Kingston y Richmond! ¡Espantosas matanzas en el valle del Támesis!

Y a su alrededor —en las habitaciones de debajo, en las casas de cada lado y de enfrente, y detrás, en las terrazas del parque y en el centenar de calles de aquella parte de Marylebone, y en el distrito de Westbourne Park y St. Pancras, y al oeste y al norte en Kilburn, St. John's Wood y Hampstead, y hacia el este, en Shoreditch, Highbury, Haggerston y Hoxton, y, en realidad, por toda la inmensidad de Londres desde Ealing hasta East Ham— la gente se frotaba los ojos y abría las ventanas para mirar y hacer preguntas inútiles, y se vestía a toda prisa mientras por las calles corría el primer soplo de la tormenta de miedo que se avecinaba. Fue el amanecer del gran pánico. Londres, que se había acostado el domingo por la noche ajena e indiferente a todo, amanecía el lunes con una intensa sensación de peligro.

Como desde su ventana no lograba saber qué estaba sucediendo, mi hermano bajó y salió a la calle, justo cuando entre los parapetos de las casas el cielo se volvió rosado con la luz temprana del amanecer. La gente que huía a pie y en vehículos aumentaba a cada momento.

—¡Humo negro! —oyó que gritaban. Y otra vez—: ¡Humo negro!

El contagio de un miedo tan unánime era inevitable.

Mientras mi hermano dudaba en el umbral de la puerta vio que se acercaba otro vendedor de periódicos y cogió uno enseguida. El hombre salió pitando con el resto, y fue vendiendo sus periódicos a un chelín mientras corría, lo que generaba una combinación grotesca de pánico y beneficio.

Y en ese periódico mi hermano leyó el parte catastrófico del comandante en jefe:

> «Los marcianos pueden descargar nubes enormes de vapor negro y venenoso mediante cohetes. Han contenido a nuestras baterías, destruido Richmond, Kingston y Wimbledon, y avanzan lentamente hacia Londres, arrasando todo lo que encuentran por el camino. Es imposible detenerlos. La única forma de salvarse del humo negro es huir de inmediato».

Eso era todo, pero bastaba. Toda la población de aquella gran ciudad de seis millones de habitantes se movía, escapaba, corría; en aquel momento salían en masa hacia el norte.

—¡Humo negro! —gritaban las voces—. ¡Fuego!

Las campanas de la iglesia vecina resonaron con un escándalo metálico, y un carro que conducían sin la debida atención chocó, entre gritos e insultos, contra el abrevadero del final de la calle. La horrible luz amarilla iba y venía en las casas, y algunos de los coches de caballos que pasaban presumían de los faroles aún encendidos. Y por encima de sus cabezas, el amanecer se volvía más luminoso, claro, estable y tranquilo.

Mi hermano oyó pasos corriendo por las habitaciones, y que bajaban y subían las escaleras detrás de él. Su casera se acercó a la puerta, mal cubierta con una bata y un chal; su marido la siguió lamentándose. Como mi hermano empezó a percatarse de la importancia de todo aquello, volvió a toda prisa a su cuarto, se metió todo el dinero del que disponía —diez libras en total— en los bolsillos y volvió a salir a la calle.

15
LO QUE HABÍA OCURRIDO EN SURREY

Mientras el cura divagaba sentado bajo el seto en los prados llanos cerca de Halliford, y mientras mi hermano observaba a los fugitivos que se amontonaban en el puente de Westminster, los marcianos habían reanudado la ofensiva. Por lo que se puede deducir de los relatos contradictorios que se han presentado, la mayoría de ellos permaneció ocupada con los preparativos en el hoyo de Horsell hasta las nueve de la noche, ultimando a toda prisa una operación en la que liberaron enormes cantidades de humo verde.

Pero hubo tres que salieron hacia las ocho de la tarde y, avanzando lenta y cautelosamente, se abrieron paso a través de Byfleet y Pyrford hacia Ripley y Weybridge, y así se hallaron a la vista de las baterías expectantes recortadas contra la puesta de sol. Estos marcianos no avanzaban formando un cuerpo, sino una línea, de modo que debían de quedar a un par de kilómetros y medio unos de otros. Se comunicaban mediante unos silbidos que parecían sirenas y recorrían la escala subiendo y bajando de una nota a otra.

Estos silbidos y los cañonazos en Ripley y St. George's Hill fue lo que oímos en Upper Halliford. Los soldados de artillería de Ripley, que eran voluntarios totalmente inexpertos a los que nunca deberían haber puesto en tal situación, dispararon una descarga descontrolada, prematura e ineficaz, y escaparon a caballo y a pie por el pueblo desierto, mientras los marcianos, sin necesidad de usar su rayo de calor, caminaron tranquilamente por encima de sus cañones, pisando con cautela entre ellos, y los adelantaron, de modo que llegaron inesperadamente hasta los cañones de Painshill Park, que destruyeron.

No obstante, los hombres de St. George's Hill estaban mejor comandados o tenían más aplomo. Ocultos por un pinar, parece que el marciano que estaba más cerca no se los esperaba. Prepararon sus cañones con tanta tranquilidad como si estuvieran desfilando, y dispararon a una distancia de casi un kilómetro.

Los proyectiles destellaron alrededor del marciano, y vieron que daba unos pocos pasos, se tambaleaba y caía. Todos gritaron al unísono, y recargaron los cañones a una velocidad frenética. El marciano desplomado profirió un aullido prolongado, y enseguida un segundo gigante resplandeciente le respondió y apareció por encima de los árboles del sur. Al parecer, uno de los proyectiles había destrozado una pata del trípode. Toda la segunda carga pasó volando lejos del marciano del suelo, mientras sus compañeros cargaban con sus rayos de calor contra la batería. La munición explotó, todos los pinos que rodeaban los cañones estallaron en llamas, y solo uno o dos hombres que ya estaban corriendo por la cima de la colina lograron escapar.

Después de este ataque, parece ser que los tres marcianos se pidieron consejo mutuamente y se detuvieron, y los exploradores que los observaban informaron de que permanecieron inmóviles por completo durante la media hora siguiente. El marciano que habían desplomado salió arrastrándose lenta y pesadamente de su capucha. Era una pequeña figura marrón, que desde esa distancia recordaba a una insólita manchita de roña, y al parecer se enfrascó en la reparación de su soporte. A eso de las nueve ya había terminado, pues volvió a verse su capucha por encima de los árboles.

Pasaban pocos minutos de las nueve de la noche cuando a estos tres centinelas se les sumaron cuatro marcianos más, cada uno de los cuales cargaba con un tubo negro grueso. Entregaron sendos tubos similares a los otros tres, y los siete procedieron a distribuirse, equidistantes, formando una línea curva entre St. George's Hill, Weybridge y el pueblo de Send, al sudoeste de Ripley.

Una docena de cohetes salieron disparados de las colinas delante de ellos en cuanto comenzaron a moverse, y advirtieron a las baterías que esperaban cerca de Ditton y Esher. Al mismo tiempo, cuatro de sus máquinas guerreras, armadas también con tubos, atravesaron el río, y dos de ellas, negras en contraste con el cielo de poniente, aparecieron ante nosotros —el cura y yo— mientras nos apresurábamos, cansados y con mucho esfuerzo, por la carretera que va hacia el norte saliendo de Halliford. Nos parecía que se movían sobre una nube, pues una neblina lechosa cubría los campos y se alzaba hasta un tercio de su altura.

Al verlos el cura ahogó un gritó y echó a correr, pero yo sabía que salir corriendo no servía de nada y fui hacia un lado y me arrastré entre las ortigas y las zarzas cubiertas de rocío hasta la zanja amplia que había junto a la carretera. Él volvió la vista, vio lo que estaba haciendo y me imitó.

Los dos marcianos se detuvieron. El más próximo a nosotros estaba de pie mirando a Sunbury, y el más alejado, formando un borrón gris hacia la estrella nocturna, en dirección a Staines.

Los aullidos ocasionales de los marcianos habían cesado. Estos ocuparon sus puestos en la enorme media luna que rodeaba sus cilindros en un silencio absoluto. La media luna se extendía casi veinte kilómetros de punta a punta. Desde la invención de la pólvora no se había iniciado ninguna batalla de un modo tan silencioso. Debió de tener exactamente el mismo efecto tanto para nosotros como para un observador cerca de Ripley: los marcianos parecían ser los únicos en posesión de la noche oscura, iluminada únicamente por la luna fina, las estrellas, el arrebol de la luz del día y el resplandor rojizo procedente de St. George's Hill y los bosques de Painshill.

No obstante, orientados hacia esta media luna, en todas partes —en Staines, Hounslow, Ditton, Esher, Ockham, detrás de colinas y bosques al sur del río, y por los prados llanos y cubiertos de hierba al norte, donde fuera que un grupo de árboles o casas los resguardara lo suficiente— había cañones esperando. Los cohetes señalizadores estallaban y rociaban de chispas la noche antes de desvanecerse, y el ánimo de todos los que observaban las baterías se convirtió en tensa expectativa. Bastaba con que los marcianos avanzaran hasta la línea de fuego y de inmediato las figuras negras e inmóviles de los hombres, los cañones que resplandecían tan oscuros al comenzar la noche, explotarían con la furia atronadora de la batalla.

La idea que sin duda predominaba en miles de aquellas mentes alerta, y que a mí también me obsesionaba, era el enigma de qué sabían de nosotros. ¿Comprendían que millones de nosotros estábamos organizados, disciplinados y trabajábamos unidos? ¿O interpretaban nuestras llamaradas, la picadura repentina de nuestros proyectiles y nuestra insistencia continua en su campamento como nosotros entenderíamos la unanimidad furiosa del ataque de una colmena agitada? ¿Se imaginaban que podrían exterminarnos? (Entonces nadie sabía qué alimento necesitaban.) En mi mente se agolpaban un centenar de preguntas de este tipo mientras observaba la formación de aquella guardia descomunal, sin olvidarme de todas las fuerzas desconocidas y ocultas que se dirigían a Londres. ¿Habían preparado trampas? ¿Estaban las fábricas de pólvora de Hounslow listas para emboscarlos? ¿Tendrían los londinenses el ánimo y el coraje de incendiar su poderosa provincia de casas y convertirla así en una Moscú aún mayor?

Luego, tras pasar un rato que nos pareció interminable agazapados y mirando entre la maleza, oímos un ruido similar a la conmoción distante de un cañón. Otro más cercano, y luego otro. Y entonces el marciano que teníamos al lado levantó su tubo y lo descargó, como si fuera un cañón, con un estruendo tal que tembló la tierra. El que se dirigía hacia Staines le replicó. No hubo destello, ni humo, solamente esa detonación cargada.

Estaba tan alterado por las descargas, intensas y sucesivas, de los cañones diminutos que incluso me olvidé de mantenerme a salvo y de las manos escaldadas y trepé entre la maleza para mirar hacia Sunbury. Mientras tanto se produjo una segunda detonación, y un proyectil grande pasó a toda velocidad por encima de nuestras cabezas hacia Hounslow. Esperaba al menos ver humo o fuego, o alguna prueba del efecto causado, pero lo único que vi fue el cielo de un azul oscuro, con una estrella solitaria, y la niebla blanca que se extendía hasta la tierra. No se produjo ningún estrépito ni explosión a modo de réplica. Se reanudó el silencio; cada minuto parecían tres.

—¿Qué ha ocurrido? —preguntó el cura, poniéndose en pie.

—¡Dios sabrá! —contesté.

Un murciélago batió las alas y desapareció. Estalló un tumulto lejano de gritos y se apagó. Volví a mirar al marciano y vi que se estaba desplazando hacia el este por la orilla del río, balanceándose deprisa.

A cada momento esperaba que el fuego de alguna batería oculta se abalanzara sobre él, pero nada interrumpió la tranquilidad de la noche. La figura del marciano se volvió cada vez más pequeña al volver atrás, y la niebla y la noche que avanzaba acabaron tragándoselo. Un impulso común hizo que el cura y yo trepáramos aún más. Hacia Sunbury vimos una forma oscura, como si de repente hubiera aparecido una colina cónica, que nos ocultaba la vista del campo más adelante; y entonces, más lejos, al otro lado del río, hacia Walton, vimos otra cima semejante. Aquellas formas se volvían cada vez más bajas y anchas mientras las observábamos.

Tuve un pensamiento repentino y miré hacia el norte, y allí me di cuenta de que se había alzado un tercero de esos *kopjes* negros rodeados de nubes.

De repente, todo se había vuelto muy silencioso. Lejos, hacia el sudoeste, los aullidos de los marcianos lo recalcaban, y el aire volvió a temblar con el ruido sordo y distante de sus cañones. Sin embargo, la artillería terrestre no respondió.

En ese momento no entendíamos lo que estaba ocurriendo, pero más adelante supe cuál era el significado de esos *kopjes* de mal augurio que se congregaban en la oscuridad. Cada uno de los marcianos que se hallaba en la gran media luna que ya he descrito había descargado, mediante el tubo a modo de cañón que transportaba, una lata enorme sobre cualquier colina, bosquecillo, grupo de casas u otro lugar que pudiera resguardar cañones frente a él. Algunos disparaban solamente una de estas latas, otros dos, como en el caso del marciano que habíamos visto; se dice que el que estaba en Ripley había descargado nada menos que cinco de una vez. Las latas se abrían al chocar con el suelo, no explotaban, y soltaban precipitadamente una gran cantidad de vapor denso y oscuro, que formaba espirales y ascendía en un cúmulo enorme de color ébano, un montículo gaseoso que luego se hundía y se extendía despacio sobre el campo de los alrededores. El contacto con ese vapor, la inhalación de sus volutas acres, suponía la muerte de todo lo que respira.

Era un vapor muy denso, más denso que el más denso de los humos, de modo que, tras el ascenso tumultuoso y la extensión de su impacto, penetraba en el aire y caía sobre el terreno casi líquido, abandonaba las colinas y circulaba por valles, zanjas y cursos de agua como me han dicho que hace el gas del ácido carbónico que sale de las grietas volcánicas. Cuando alcanzaba el agua se daba algún tipo de reacción química y la superficie quedaba cubierta de inmediato con una capa sucia que parecía polvo y se hundía lentamente, y dejaba el paso libre a la siguiente racha. Esa capa era totalmente insoluble, y resulta extraño, en vista del efecto instantáneo del gas, que se pudiera beber sin peligro el agua que de ella se filtraba. El vapor no se extendía como haría un auténtico gas, sino que permanecía concentrado en las orillas, fluía despacio por la ladera y se oponía reticente al viento, mezclándose muy lentamente con la neblina y la humedad del aire, y penetraba en la tierra en forma de polvo. A excepción de un elemento desconocido que ocupaba un grupo de cuatro líneas en el azul del espectro, aún ignoramos totalmente la naturaleza de dicha sustancia.

En cuanto concluía la agitación turbulenta de su dispersión, el humo negro se aferraba tanto al suelo, antes incluso de precipitarse, que a más de quince metros, en los tejados y pisos elevados de las casas altas y en los árboles grandes, existía la posibilidad de escapar totalmente del veneno, como ya se demostró aquella noche en Street Cobham y Ditton.

El hombre que escapó de la primera ráfaga cuenta una historia increíble sobre lo extraño que era aquel flujo arremolinado, y sobre cómo miró hacia abajo desde la aguja de la iglesia y vio las casas que se alzaban como fantasmas de la nada oscura del pueblo. Permaneció allí durante un día y medio, agotado, hambriento y quemado por el sol. La tierra bajo el cielo azul y la pendiente recortada contra la perspectiva de las colinas lejanas formaba una extensión de un negro aterciopelado, con tejados rojos y árboles verdes, y más adelante, arbustos, verjas, graneros, casas y paredes teñidos de negro alzándose aquí y allá a la luz del sol.

Pero eso fue en Street Cobham, donde el vapor negro persistió hasta hundirse por sí solo en el suelo. Cuando habían cumplido con su objetivo, los marcianos solían despejar el aire adentrándose en él y descargando un chorro de vapor.

Esto fue lo que hicieron con las masas de vapor próximas a nosotros, según vimos a la luz de las estrellas desde la ventana de una casa desierta de Upper Halliford, adonde habíamos vuelto. Desde allí veíamos los reflectores que recorrían el paisaje desde las colinas de Richmond y Kingston, y hacia las once las ventanas vibraron y oímos el estruendo de los enormes cañones de asedio que habían colocado allí. Siguieron sonando con intermitencias durante un cuarto de hora, enviando disparos tentativos a los marcianos invisibles de Hampton y Ditton, y a continuación los pálidos haces de luz eléctrica se desvanecieron y fueron sustituidos por un intenso brillo rojo.

Luego supe que fue entonces cuando cayó el cuarto cilindro —un meteoro verde brillante—, en Bushey Park. Antes de que se iniciaran los cañonazos en la línea de colinas de Richmond y Kingston, hubo un cañoneo irregular muy lejos, hacia el sudoeste, debido, me parece, a que los artilleros dispararon desordenadamente los cañones antes de que el vapor negro los arrollara.

Así que, metódicos como si humearan un avispero para vaciarlo, los marcianos extendieron este vapor extraño y opresivo por el campo en dirección a Londres. Las puntas de la media luna fueron desplazándose hasta formar una línea de Hanwell a Coombe y Malden. Los tubos destructivos fueron avanzando durante toda la noche. Tras derribar al marciano en St. George's Hill, la artillería no pudo hacer nada contra ellos. Donde sospechaban que había cañones escondidos, los marcianos descargaban una nueva lata de vapor negro, y donde los cañones se mostraban abiertamente, aplicaban el rayo de calor.

Para cuando llegó la medianoche, los árboles en llamas en las laderas del parque Richmond y el resplandor de la colina de Kingston arrojaron luz sobre una red de humo negro que cubría todo el valle del Támesis y se extendía hasta donde alcanzaba la vista. Y a través de este vapor se

adentraban lentamente dos marcianos, y volvían sus chorros de vapor sibilantes aquí y allá.

Aquella noche no usaron el rayo de calor, sea porque tuvieran poco material para generarlo o porque no desearan destruir el campo sino solo aplastar e intimidar a la oposición que habían suscitado. Lo cierto es que habían logrado esto último. El domingo por la noche la lucha organizada contra sus movimientos llegó a su fin. Después de lo que ocurrió, ningún cuerpo de hombres les hacía frente, ya que resultaba una iniciativa inútil. Incluso las tropas de los torpederos y destructores que habían traído sus cañones de tiro rápido por el Támesis se negaron a parar, se amotinaron y volvieron a bajar por el río. La única operación ofensiva en la que se aventuraron los hombres tras aquella noche fue la preparación de minas y trampas, e incluso en eso trabajaron de forma desesperada y espasmódica.

Hay que imaginarse, en la medida de lo posible, el destino de las baterías apuntadas hacia Esher, que al anochecer esperaban con gran tensión. Supervivientes no hubo ninguno. Es posible imaginarse la expectación disciplinada, los oficiales alerta y atentos, los artilleros listos, la munición apilada a mano, los del avantrén con sus caballos y carros, el grupo de espectadores que estaba tan cerca como se lo permitían, la quietud nocturna, las ambulancias y tiendas de campaña con los quemados y heridos de Weybridge; y luego la resonancia amortiguada de los disparos de los marcianos, y el torpe proyectil abalanzándose a toda velocidad sobre los árboles y las casas y chocando entre los campos vecinos.

Es posible, también, imaginarse cómo se desplazó de repente la atención cuando estas volutas y globos de oscuridad se extendieron y avanzaron precipitadamente, alzándose hacia el cielo del crepúsculo, que se convirtió en oscuridad palpable, y conformaron un extraño y horrible enemigo de vapor que arremetía dando zancadas contra sus víctimas, y a los hombres y caballos que estaban cerca, apenas distinguibles, que corrían, chillaban, caían de cabeza, gritaban consternados, abandonaban de repente los cañones y se ahogaban y retorcían en el suelo mientras el cono de humo opaco se extendía rápidamente. Y luego vino la noche y la extinción, y solo quedó una masa de vapor impenetrable que ocultaba a sus víctimas.

Antes de que amaneciera, el vapor negro se estaba derramando por las calles de Richmond, y el organismo del gobierno, en proceso de desintegración, realizaba un último esfuerzo antes de expirar y despertaba a la población de Londres para hacerle saber que debía huir.

16
EL ÉXODO DE LONDRES

Así que entenderán el miedo abrumador que inundó a la mayor ciudad del mundo el lunes al amanecer; el flujo de los que huían no tardó en convertirse en un torrente que corría turbulento en torno a las estaciones de tren, y se arremolinaba enzarzado en una lucha horrible por embarcar en el Támesis, y fluía, raudo, por todos los canales disponibles hacia el norte o el este. A las diez de la mañana las organizaciones policiales, y al mediodía incluso los trenes, estaban perdiendo cohesión, forma y eficiencia; se esparcían, ablandaban y disolvían en aquella rápida licuación del cuerpo social.

Todas las líneas de tren al norte del Támesis y los ciudadanos del sudeste de Cannon Street habían recibido la advertencia de huir el domingo a medianoche, y los trenes iban repletos. La gente peleaba salvajemente por ir de pie en los vagones ya a las dos de la madrugada. A las tres, pisoteaban y aplastaban a los demás en Bishopgate Street, a menos de dos metros de la estación de Liverpool Street; disparaban revólveres, apuñalaban a gente, y los policías que habían enviado a dirigir el tráfico, exhaustos y agotados, partían la cabeza de los que debían proteger.

Y a medida que avanzaba el día y los maquinistas y fogoneros se negaban a volver a Londres, la presión de la huida empujaba a la gente a formar una multitud cada vez más densa fuera de las estaciones, a lo largo de las calles que iban en dirección norte. Para cuando llegó el mediodía habían visto un marciano en Barnes, y una nube de vapor negro que se iba hundiendo lentamente se extendía por el Támesis y por las llanuras de Lambeth, impidiendo con su lento avance la huida por los puentes. Otra masa se extendía por Ealing, y rodeó a un grupito de supervivientes en Castle Hill, que seguían vivos pero no podían escapar.

Tras una lucha infructuosa por subirse a un tren que iba en dirección noroeste, pues las locomotoras de los trenes que se habían llenado en el depósito de allí se abrían paso entre gente que gritaba, mientras una docena de hombres fornidos se esforzaba por evitar que la multitud aplastara al conductor contra la caldera, mi hermano subió a la carretera de Chalk Farm, esquivó a una aglomeración de vehículos apresurados, y tuvo la suerte de situarse en la cabecera del grupo que saqueaba una tienda de bicicletas. La rueda delantera de la que se agenció se pinchó al sacarla a rastras por la ventana, pero aun así consiguió montar en ella y salir de allí sin hacerse más que un corte en la mano. La ladera empinada de Haverstock Hill se había vuelto intransitable porque habían volcado varios caballos, y mi hermano se metió por Belsize Road.

Así que se alejó del fragor del pánico y, bordeando Edgware Road, llegó al pueblo de Edgware a eso de las siete, hambriento y agotado, pero muy por delante de la muchedumbre. Por el camino se encontró a gente apostada que miraba con curiosidad, preguntándose qué ocurría. Le adelantaron varios ciclistas y jinetes y dos automóviles. A un kilómetro y medio de Edgware se le partió el aro de la rueda, y ya no pudo seguir montando. Dejó la bicicleta junto a la carretera y avanzó caminando por el pueblo. Había tiendas medio abiertas en la calle principal, y la gente se amontonaba en la acera y en las puertas y ventanas, contemplando asombrada el inicio de esta procesión extraordinaria de fugitivos. Mi hermano consiguió un poco de comida en una posada.

Se quedó un tiempo en Edgware sin saber qué hacer. Cada vez había más gente que huía. Muchos, como mi hermano, parecían inclinados a quedarse un rato en aquel lugar. No había nuevas noticias de los invasores de Marte.

En ese momento la carretera estaba llena, pero todavía no llegaba a la congestión. La mayoría de los fugitivos iban montados en bicicleta, aunque no tardaron en aparecer automóviles, coches de caballos y carruajes que avanzaban a toda prisa, y el polvo formaba nubes espesas por la carretera de St. Albans.

Fue quizá la idea vaga de dirigirse hacia Chelmsford, donde vivían varios amigos suyos, lo que acabó convenciendo a mi hermano de adentrarse por un camino silencioso que iba hacia el este. Entonces se encontró con unos escalones para saltar una cerca, y tras franquearla siguió un sendero hacia el nordeste. Pasó cerca de diversas granjas y algunas cabañitas en cuyos nombres no se fijó. Vio pocos fugitivos hasta que, en un camino de hierba en dirección a High Barnet, se encontró con dos damas que se convirtieron en sus compañeras de viaje, justo a tiempo de salvarlas.

Las oyó gritar, y al girar la esquina apresuradamente, vio a dos hombres que forcejeaban para echarlas de un carruaje ligero en el que iban montadas, mientras un tercero sujetaba con dificultad la cabeza del poni asustado. Una de las damas, una mujer baja vestida de blanco, gritaba sin más, mientras que la otra, de figura oscura y esbelta, azotaba al hombre que le agarraba el brazo con un látigo que sostenía con la mano libre.

Mi hermano comprendió de inmediato la situación, gritó y se abalanzó hacia la pelea. Uno de los hombres desistió y se volvió hacia él. Al ver el rostro de su contrincante, mi hermano comprendió que la pelea era inevitable, pero como es un boxeador experto, procedió a atacarlo y lo hizo caer sobre la rueda del carruaje.

No era el momento de un duelo pugilístico, así que mi hermano lo acalló con una patada, y agarró del cuello al hombre que tiraba del brazo de la dama esbelta. Oyó el chacoloteo de los cascos, el látigo le rozó la cara, un tercer contrincante le golpeó entre los ojos y el hombre al que retenía se zafó de él y se metió por el camino en el sentido en que había venido mi hermano.

En parte estupefacto, mi hermano se encontró ante el hombre que sujetaba la cabeza del caballo, y se percató de que el carruaje se apartaba de él, balanceándose de lado a lado, con las mujeres mirando hacia atrás.

El hombre que tenía delante, que era un matón corpulento, trató de acercarse, pero mi hermano lo detuvo golpeándolo en la cara. Entonces, al darse cuenta de que lo habían abandonado, mi hermano se giró en redondo y salió tras el carruaje seguido de cerca por el hombre corpulento, y el fugitivo, que se había dado la vuelta, también empezó a seguirlo de lejos.

De repente mi hermano tropezó y cayó, y su perseguidor más próximo también, pero cuando se puso otra vez en pie volvió a encontrarse con sus dos antagonistas. No habría tenido nada que hacer contra ellos si, armándose de coraje, la dama esbelta no hubiera parado y vuelto para ayudarlo. Al parecer tenía un revólver, pero había permanecido bajo el asiento mientras las atacaban a ella y a su compañera. Disparó a cinco metros y medio de distancia, y por poco no le da a mi hermano. El ladrón menos valiente salió huyendo, y su compañero lo siguió, maldiciendo su cobardía. Ambos pararon más abajo, en el camino, donde yacía, inconsciente, el tercer hombre.

—¡Tome esto! —exclamó la dama esbelta, y dio un revólver a mi hermano.

—Vuelva al carruaje —le indicó mi hermano, limpiándose la sangre del labio partido.

Ella se volvió sin decir nada, pues ambos jadeaban, y regresaron adonde la dama de blanco se esforzaba por contener al poni asustado. Era evidente que los ladrones ya habían tenido suficiente. Cuando mi hermano miró de nuevo hacia ellos, se estaban retirando.

—Me sentaré aquí —dijo mi hermano—, si me lo permiten. —Y subió al asiento delantero vacío.

La dama miró por encima del hombro.

—Deme las riendas —pidió, y descargó el látigo sobre el costado del poni. Al cabo de un instante una curva del camino ocultaba a los tres hombres de la mirada de mi hermano.

Así que, de manera bastante inesperada, mi hermano estaba jadeando, con un corte en la boca, la mandíbula magullada y los nudillos manchados de sangre, viajando por un camino desconocido con estas dos mujeres.

Se enteró de que eran la esposa y la hermana menor de un cirujano que vivía en Stanmore, que había vuelto de madrugada de atender un caso grave en Pinner, y se había enterado en alguna estación de tren del avance de los marcianos. Se fue corriendo a casa, despertó a las mujeres —la criada los había dejado hacía dos días—, reunió algunas provisiones, puso su revólver bajo el asiento —por suerte para mi hermano— y les dijo que condujeran hasta Edgware, con la idea de subir a un tren allí. Se quedó atrás para avisar a los vecinos. Les dijo que las alcanzaría a eso de las cuatro y media de la madrugada, pero eran casi las nueve y no lo habían visto. No habían podido parar en Edgware porque el tráfico había aumentado mucho allí, así que se metieron por aquel camino.

Esa fue la historia que le contaron a mi hermano a retazos cuando volvieron a detenerse, más cerca de New Barnet. Él prometió quedarse con ellas, al menos hasta que pudieran decidir qué hacer, o hasta que llegara el hombre perdido, y afirmó que era un tirador experto con el revólver —un arma que desconocía— para darles seguridad.

Acamparon, si se puede decir así, en el borde del camino, y el poni se quedó contento junto al seto. Mi hermano les explicó cómo había escapado de Londres, y todo lo que sabía sobre aquellos marcianos y su manera de funcionar. El sol seguía arrastrándose por el cielo, y al cabo de un rato la conversación fue perdiendo fuerza y dio paso a un estado expectante e inquieto. Por el camino pasaron varias personas, y mi hermano les sonsacó las noticias que pudo. Obtuvo respuestas fragmentadas, y con cada una se fue convenciendo más y más del gran desastre que había sobrevenido a la humanidad y de la necesidad inmediata de continuar huyendo. Insistió a las mujeres respecto a este tema.

—Tenemos dinero —afirmó la mujer esbelta, pero entonces dudó.

Sus ojos se encontraron con los de mi hermano y sus dudas se disiparon.

—Y yo también —dijo él.

Ella le explicó que contaban con treinta libras en oro, además de un billete de cinco libras, y sugirió que con todo eso podrían subir a un tren en St. Albans o New Barnet. Mi hermano pensaba que era inútil, visto el furor con que los londinenses se aglomeraban en los trenes, y expuso su idea de atravesar Essex en dirección a Harwich y desde allí escapar del campo.

La señora Elphinstone —pues ese era el nombre de la mujer de blanco— no atendía a razones, y no paraba de llamar: «¡George!»; en cambio su cuñada estaba increíblemente serena y reflexiva, y acabó accediendo a la sugerencia de mi hermano. Así que, con la intención de cruzar la Great North Road, continuaron hacia Barnet, mientras mi hermano guiaba al poni para cansarlo lo menos posible.

A medida que el sol ascendía por el cielo el día se volvió muy caluroso, y la arena gruesa y blancuzca se hizo más abrasadora y cegadora bajo sus pies, por lo que se desplazaban extremadamente despacio. Los setos estaban grises por el polvo. A medida que se acercaban a Barnet oían un murmullo agitado cada vez más intenso.

Empezaron a encontrarse con más personas. La mayoría se los quedaba mirando, murmuraban preguntas poco claras, exhaustos, demacrados, sucios. Un hombre vestido de etiqueta pasó por su lado a pie, con la vista fija en el suelo. Oyeron su voz y, cuando se volvieron a mirarlo, vieron que con una mano se agarraba el pelo y con la otra golpeaba objetos invisibles. Cuando concluyó su ataque de rabia continuó su camino sin volver la vista.

Al continuar hacia el cruce al sur de Barnet vieron a una mujer que se acercaba por la carretera procedente de unos campos a su izquierda, con un niño a cuestas y dos más, y luego se cruzaron con un hombre vestido de negro sucio, con un palo grueso en una mano y un baúl de viaje en la otra. Después, cuando doblaron la esquina del camino, de entre las casas que lo bordeaban en la confluencia con la carretera apareció un carrito arrastrado por un poni negro sudoroso y conducido por un joven cetrino con un bombín gris polvoriento. En el carro se apiñaban tres chicas de la fábrica de East End y un par de niñitos.

—¿Esto nos llevará a Edgware? —preguntó el conductor con los ojos muy abiertos y muy pálido.

Cuando mi hermano le respondió que sí si doblaba a la izquierda, arreó a su caballo y se ahorró la formalidad de dar las gracias.

Mi hermano se fijó entonces en un humo o neblina gris claro que se alzaba entre las casas que les quedaban delante, y que velaba la fachada blanca de otra hilera situada más allá de la carretera que surgía tras ellas. La señora Elphinstone gritó de repente al ver llamas rojas humeantes que subían por encima de las casas recortadas contra el cielo azul y cálido. El rumor tumultuoso se descompuso en una mezcolanza desordenada de múltiples voces, el chirrido de múltiples ruedas, el crujido de los carros y el chacoloteo de cascos. El camino daba un giro brusco a menos de cincuenta metros del cruce.

—¡Por amor de Dios! —exclamó la señora Elphinstone—. ¿Dónde nos está llevando?

Mi hermano se detuvo, porque la carretera principal era un hervidero de gente, un torrente de seres humanos que corrían apretujándose unos a otros hacia el norte. Una masa enorme de polvo, blanco y luminoso bajo los destellos del sol, hacía que todo lo que quedaba a seis metros del suelo resultara gris e indistinguible, y se renovaba constantemente debido a las pisadas aceleradas de la densa multitud de caballos, hombres y mujeres a pie, y a las ruedas de vehículos de toda clase.

—¡Paso! —oyó mi hermano que gritaban las voces—. ¡Dejen paso!

Acercarse al cruce del camino y la carretera era como intentar avanzar entre el humo de un incendio: el gentío rugía como el fuego, y el polvo era caliente y acre. Y lo cierto es que siguiendo un poco la carretera había una casa en llamas y de ella salían masas ondulantes de humo negro que atravesaban la calzada y se sumaban a la confusión. Se cruzaron con dos hombres. Luego con una mujer sucia, que llevaba un hatillo pesado y sollozaba. Un perro retriever perdido, con la lengua fuera, empezó a dar vueltas a su alrededor, receloso, asustado y destrozado, y huyó ante las amenazas de mi hermano.

Por lo que veían, la carretera en dirección a Londres entre las casas de la derecha era un torrente revuelto de gente sucia y con prisa, atascada entre las casas a cada lado; las cabezas negras y las figuras apiñadas se volvían más nítidas al avanzar hacia la esquina, pasaban a toda velocidad y su individualidad volvía a fundirse con una multitud cada vez más lejana que acababa engullida en una nube de polvo.

—¡Vamos, vamos! —gritaban las voces—. ¡Paso, paso!

Las manos de unos presionaban la espalda de los otros. Mi hermano permanecía junto a la cabeza del poni. Una atracción irresistible lo hacía avanzar, paso a paso, por el camino.

Edgware se había convertido en un escenario de confusión; Chalk Farm, en una riada desenfrenada, pero es que la población entera estaba en movimiento. Cuesta imaginar una horda semejante. No tenía personalidad propia. Las figuras manaban pasada la esquina y se alejaban dando la espalda al grupo del camino. Por el margen llegaban los que iban a pie, amenazados por las ruedas, tropezando en las zanjas, chocando unos contra otros.

Los carros y carruajes se amontonaban, dejando escaso espacio para los vehículos más rápidos e impacientes que salían disparados cuando se presentaba la oportunidad de hacerlo, lo que provocaba que algunas personas fueran a estrellarse contra las vallas y verjas de las casas.

—¡Sigan, sigan! —gritaban—. ¡Sigan! ¡Que vienen!

En un carro había un hombre ciego vestido con el uniforme del ejército de salvación, gesticulando con los dedos torcidos y vociferando: «¡Eternidad, eternidad!». Tenía la voz ronca y gritaba a pleno pulmón, de modo que mi hermano siguió oyéndolo mucho rato después de haberlo perdido de vista entre el polvo. Algunas de las personas que se acumulaban en los carros arreaban estúpidamente a sus caballos y se peleaban con otros conductores; otras permanecían inmóviles, mirando hacia la nada con ojos miserables; otras se roían las manos, sedientas, o yacían postradas en el fondo de sus transportes. Los caballos llevaban los frenos cubiertos de espuma, y tenían los ojos inyectados en sangre.

Había más coches de caballos, carruajes, carritos y carros de los que se podían contar: un carro de correos, un carro de la limpieza donde ponía «Parroquia de St. Pancras», un enorme carro maderero repleto de matones... El carro pesado de un cervecero pasó con mucho estruendo y las dos ruedas izquierdas salpicadas de sangre.

—¡Dejen paso! —gritaban las voces—. ¡Dejen paso!

«¡Eternidad, eternidad!», repetía el eco bajando por la carretera. Con gran esfuerzo pasaban caminando mujeres tristes y demacradas, bien vestidas, con niños que gritaban y tropezaban, con la fina ropa cubierta de polvo y los rostros agotados y llorosos. Con muchas de ellas aparecían hombres, que en ocasiones ayudaban pero que otras veces se mostraban mezquinos y salvajes. Junto a ellos avanzaba algún que otro vagabundo exhausto, vestido con harapos negros descoloridos, con los ojos muy abiertos, estridente y mal hablado. También se abrían paso trabajadores fornidos pero destrozados, u hombres desaliñados con trajes de oficinistas y vendedores, forcejeando como podían; mi hermano también se fijó en un soldado herido, en hombres vestidos de mozos del ferrocarril, y en una desgraciada criatura en camisón con el abrigo echado por encima.

Aunque su composición era muy variada, toda aquella multitud tenía ciertas cosas en común. El miedo y el dolor se reflejaban en sus rostros, y el miedo los seguía a todos. Un alboroto en lo alto de la carretera o una pelea por una plaza en un carro hacían que el grupo entero acelerara el paso, incluso un hombre tan asustado y agotado que se le doblaban las rodillas se veía impulsado por un instante a seguir avanzando. El calor y el polvo ya habían hecho estragos. La gente tenía la piel seca, los labios negros y partidos. Todos estaban sedientos y extenuados, y les dolían los pies. Y entre los diversos gritos se oían disputas, reproches, gruñidos de hastío y fatiga; la mayoría de las voces eran ásperas y débiles, y se repetía esta cantinela:

—¡Paso, paso! ¡Que vienen los marcianos!

Pocos se paraban y apartaban de aquella avalancha. El camino se abría inclinado y estrecho hacia la carretera principal, y daba la engañosa impresión de que procedía de Londres. Aun así, una especie de remolino de gente se dirigía hacia su desembocadura; algunos debiluchos salían dando codazos del torrente, y la mayoría de ellos descansaban un instante antes de volver a sumergirse en la corriente. Un poco más adelante yacía un hombre con dos amigos que se inclinaban sobre él; tenía la pierna desnuda envuelta en trapos sanguinolentos. Pero era afortunado de tener amigos.

Un hombrecito anciano, que llevaba un bigote militar gris y una levita negra sucia, apareció cojeando y se sentó junto al carruaje, se sacó la bota —tenía el calcetín empapado de sangre—, expulsó una piedrecita y continuó renqueando; luego una niñita de siete u ocho años, que iba sola, se arrojó bajo el seto cerca de mi hermano, llorando.

—¡No puedo seguir, no puedo seguir!

Mi hermano salió de la estupefacción en la que estaba sumido y la levantó, le habló dulcemente y se la llevó a la señorita Elphinstone. En cuanto mi hermano la tocó, se quedó muy quieta, como si tuviera miedo.

—¡Ellen! —chilló una mujer en la multitud, con voz llorosa—. ¡Ellen!

Y la niña salió disparada, llamando a su madre.

—Que vienen —dijo un hombre a caballo, adelantándolos.

—¡Apártense, vamos! —gritó un cochero altísimo, y mi hermano vio un carruaje cerrado avanzando por el camino.

La gente se aplastó mutuamente para evitar al caballo. Mi hermano empujó al poni y el carro otra vez hacia el seto, y el hombre continuó y se detuvo en el giro. Era un carruaje con una lanza para un par de caballos, pero solo llevaba uno. Mi hermano atisbó entre el polvo que dos hombres levantaban algo sobre una camilla blanca y lo colocaban delicadamente en la hierba bajo el seto de ligustro.

Uno de los hombres se acercó corriendo hasta mi hermano.

—¿Dónde puedo encontrar agua? —preguntó—. Se está muriendo, y tiene mucha sed. Es lord Garrick.

—¡Lord Garrick! —exclamó mi hermano—. ¿El presidente del tribunal?

—¿Agua? —insistió el hombre.

—Puede que haya un grifo —sugirió mi hermano— en alguna de las casas. Nosotros no tenemos agua. Y no me atrevo a dejar a mi gente.

El hombre se abrió paso a empujones entre la multitud hacia la verja de la casa en la esquina.

—¡Sigan! —decía la gente, empujándole—. ¡Que vienen! ¡Sigan!

Entonces a mi hermano le llamó la atención un hombre barbudo y aguileño que cargaba con un maletín pequeño, que se le abrió cuando la mirada de mi hermano reparó en él. Salió desparramado un montón de libras de oro, que parecía disgregarse en monedas sueltas al caer al suelo. Las monedas rodaban por todas partes entre los pies y las patas que avanzaban penosamente. El hombre se detuvo y miró estúpidamente el montón, y la vara de un coche de caballos le golpeó el hombro y le hizo tambalearse. El hombre soltó un chillido y reculó, y la rueda de un carro le rozó al pasar.

—¡Paso! —gritaron los hombres a su alrededor—. ¡Dejen paso!

En cuanto pasó el coche de caballos el hombre se arrojó, con las manos abiertas, sobre el montón de monedas y empezó a metérselas a puñados en el bolsillo. Un caballo se encabritó cerca de él, y cuando estaba levantando las manos lo derribó con los cascos.

—¡Paren! —gritó mi hermano, y apartando a una mujer de su camino trató de agarrar la brida del caballo.

Antes de que pudiera hacerlo oyó un grito en el suelo, y vio a través del polvo que una rueda aplastaba la espalda del desgraciado. El conductor del carro agitó su látigo en dirección a mi hermano, que cayó rodando. El inmenso griterío le confundía. El hombre derribado se contorsionaba entre el polvo y el dinero desperdigado, incapaz de levantarse, pues la rueda le había roto la espalda, y sus extremidades inferiores estaban flácidas e inertes. Mi hermano se levantó e increpó al siguiente conductor, y un hombre montado en un caballo negro se acercó a ayudarle.

—Sáquelo de la carretera —le indicó el jinete, y, agarrándolo por el cuello de la chaqueta con la mano libre, mi hermano arrastró al hombre a un lado. Pero el hombre seguía aferrado a su dinero, y miraba a mi hermano con fiereza, golpeándole el brazo con un puñado de oro.

—¡Sigan! —gritaron unas voces enfadadas detrás—. ¡Paso, paso!

Se oyó un estrépito cuando la vara de un carruaje se estampó contra el carro que había parado el hombre a caballo. Mi hermano alzó la vista y el hombre del oro volvió la cabeza y mordió la muñeca que lo sujetaba del cuello. Se generó mucha confusión, y el caballo negro se tambaleó hacia un lado, y el carro de caballos avanzó junto a él. Por poco uno de los cascos del caballo cae sobre el pie de mi hermano, que soltó al hombre caído y dio un salto atrás. Vio que la rabia se convertía en terror en el rostro del pobre desgraciado del suelo, y al cabo de un instante lo perdió de vista y se vio arrastrado hasta la entrada del camino, y tuvo que forcejear mucho en el torrente para volver a su sitio. Vio a la señorita Elphinstone tapándose los ojos y a un niñito, que como les ocurre a los niños carecía de compasión, mirando con ojos muy abiertos un bulto polvoriento, negro y quieto, aplastado y hundido bajo las ruedas que giraban sin parar.

—¡Volvamos! —gritó mi hermano, y empezó a dar la vuelta al poni—. ¡no podemos atravesar este... infierno!

Y retrocedieron casi cien metros por donde habían venido, hasta que dejaron de ver a la multitud beligerante. Al pasar por la curva del camino mi hermano vio el rostro del hombre moribundo en la zanja bajo el ligustro, de un blanco mortal y demacrado, perlado de sudor. Las dos mujeres permanecían sentadas en silencio, agazapadas en sus asientos, temblando.

Mi hermano volvió a parar pasada la curva. La señorita Elphinstone se había quedado pálida, y su cuñada estaba demasiado afectada incluso para llamar a George. Mi hermano estaba horrorizado y perplejo. En cuanto se retiraron se dio cuenta de lo apremiante e inevitable que era atravesar el camino. Se volvió hacia la señorita Elphinstone, movido por una determinación repentina.

—Debemos seguir ese camino —afirmó, e hizo girar al poni.

Por segunda vez aquel día, la muchacha demostró su valentía. Para abrirse paso en el torrente de personas, mi hermano se metió en el tráfico y retuvo a un carro tirado por caballos, mientras ella tiraba de la cabeza del poni. Un carro frenó un instante y astilló el carruaje de mi hermano. Un segundo después quedaron atrapados y avanzaron movidos por la corriente. Con los latigazos del cochero marcados en el rostro y las manos, mi hermano consiguió escabullirse hasta su carruaje y cogió las riendas que llevaba la joven.

—Apunte con el revólver hacia el hombre de atrás —le indicó mi hermano, dándole el arma—. Si nos presiona demasiado... ¡no! Apunte al caballo.

Entonces mi hermano se puso a buscar una manera de desviarse hacia la derecha y cruzar así el camino. Sin embargo, cuando volvió a meterse entre el gentío pareció perder convicción y volverse parte de aquella huida polvorienta. Atravesaron Chipping Barnet con el torrente; recorrieron más de un kilómetro desde el centro de la población antes de poder abrirse paso hasta el otro lado del camino. El barullo y la confusión eran indescriptibles, pero en aquella localidad, y un trecho más allá también, la carretera se bifurca varias veces, lo cual sirvió para aliviar en cierta medida la presión.

Se dirigieron hacia el este a través de Hadley, y allí, a cada lado del camino, así como en otro lugar más adelante, se toparon con una multitud ingente de personas que bebían del arroyo, algunas de las cuales se peleaban por alcanzar el agua. Al cabo de un rato vieron dos trenes seguidos que bajaban de una colina cerca de East Barnet, muy despacio, sin orden ni señal, trenes atestados hasta tal punto que incluso había hombres entre el carbón detrás de los motores, y estos trenes iban hacia el norte por la Great Northern Railway. Mi hermano se imagina que debían de haberse llenado fuera de Londres, porque para entonces el terror furioso de la gente había vuelto impracticables las principales estaciones de término.

Cerca de este lugar pararon para descansar durante el resto de la tarde, porque la violencia del día los había agotado completamente. Empezaban a tener hambre; la noche era fría, y ninguno de los tres se atrevió a dormirse. Al anochecer, muchas personas pasaron corriendo por la carretera cerca de donde se habían detenido, huyendo de peligros aún desconocidos en la dirección de donde venía mi hermano.

17
EL THUNDER CHILD

Si los marcianos solo hubieran aspirado a la destrucción, para cuando llegó el lunes podrían ya haber aniquilado a la población entera de Londres, mientras se desplazaba lentamente hacia los condados de los alrededores. No solo por la carretera que atravesaba Barnet, sino también por Edgware y Waltham Abbey, y por las carreteras que iban hacia el este, hacia Southend y Shoeburyness, y hacia el sur del Támesis en dirección a Deal y Broadstairs manaba la gente que huía, frenética. Si aquella mañana de junio alguien hubiera podido montar en un globo y sobrevolar el cielo resplandeciente por encima de Londres, habría visto todas las carreteras que salían del laberinto enmarañado de calles hacia el norte y el este salpicadas de puntos negros, que juntos formaban el flujo de fugitivos; cada uno de los puntos representaba el sufrimiento, el terror y la aflicción física humana. En el último capítulo he explicado con detalle el relato que hizo mi hermano del recorrido a través de Chipping Barnet para que mis lectores pudieran entender cómo vivió esa acumulación de puntos negros una de las personas que participó de ello. En toda la historia de la humanidad jamás se había desplazado y sufrido al unísono una masa semejante de seres humanos. Las huestes legendarias de godos y hunos o los mayores ejércitos que haya visto jamás Asia no habrían sido sino una gotita en aquella corriente. Y no se trataba de una marcha disciplinada, sino de una estampida gigantesca y terrible, sin orden ni propósito, seis millones de personas sin armas ni provisiones que avanzaban precipitadamente. Era el comienzo de la derrota de la civilización, de la aniquilación de la humanidad.

Quien viajara en globo habría visto la red de calles que se extendían por todas partes, de casas, iglesias, plazas, callejones y jardines—ya abandonados— que se abrían como un mapa enorme y se emborronaban hacia el sur. Sobrevolando Ealing, Richmond o Wimbledon parecería como si una pluma monstruosa hubiera vertido tinta sobre el mapa. Constantes, incesantes, las nuevas salpicaduras negras crecían y se extendían, ramificándose aquí y allá, acumulándose hacia un terreno elevado, cayendo rápidamente desde una cima hasta un valle recién descubierto, exactamente como una gota de tinta sobre el papel secante.

Y más allá, por encima de las colinas azules que se alzan al sur del río, los marcianos centelleantes iban y venían, desperdigando lenta y metódicamente su nube venenosa sobre esta parte del terreno y luego sobre aquella, rociándola otra vez con sus chorros de vapor cuando había satisfecho su objetivo, y tomando posesión del terreno conquistado. No parecían centrados tanto en el exterminio como en la desmoralización absoluta y en la destrucción de cualquier forma de oposición. Hacían explotar cualquier almacén de pólvora que encontraban, cortaban todas las líneas de telégrafo, e iban destrozando las vías del tren. Estaban cercenando a la humanidad. Daba la impresión de que no tuvieran prisa por extender su campo de operaciones, y durante todo aquel día no fueron más allá del centro de Londres. Es posible que un número considerable de londinenses se quedaran atrapados en sus casas durante la mañana del lunes. Seguro que muchos murieron en ellas, ahogados por el humo negro.

Hasta el mediodía, el Pool de Londres vivió una situación asombrosa. Había barcos de vapor y de todas clases, tentados por las enormes sumas de dinero que ofrecían los fugitivos, y se dice que muchos que nadaron hasta esos barcos fueron rechazados con bicheros y se ahogaron. A eso de la una de la tarde, rastros menguantes de la nube de vapor negro aparecieron entre los arcos del puente de Blackfriars. Entonces el Pool devino el escenario de una confusión demencial, de lucha y colisiones, y durante un rato multitud de barcos y barcazas quedaron atascados en el arco norte del puente de la Torre, y los marineros y barqueros tuvieron que pelear encarnizadamente con la gente que se aglomeraba hacia ellos procedente de la orilla del río. Incluso descendían por los embarcaderos del puente desde arriba.

Cuando una hora más tarde apareció un marciano por detrás de la Torre del reloj y se metió en el río, solo quedaban restos flotando por encima de Limehouse.

Aún tengo que contarles la caída del quinto cilindro. La sexta estrella cayó en Wimbledon. Mi hermano, que vigilaba junto a las mujeres del carruaje en un prado, vio el resplandor verde a lo lejos, en las colinas. El martes, el grupito, que aún se planteaba llegar al mar, se abrió paso a través del campo atestado en dirección a Colchester. La noticia de que los marcianos se habían apoderado de todo Londres se vio confirmada. Los habían visto en Highgate, e incluso, se decía, en Neasden. Pero mi hermano no los vio hasta el día siguiente.

Ese día las muchedumbres desperdigadas empezaron a percatarse de la necesidad apremiante de obtener provisiones. Al aumentar el hambre, los derechos de propiedad dejaron de tenerse en cuenta. Los granjeros salían a defender sus establos, graneros y cosechas de tubérculos ya maduros con armas en las manos. Unas cuantas personas, como mi hermano, miraban hacia el este, y algunas almas desesperadas incluso volvían hacia Londres para conseguir comida. Era sobre todo gente de los barrios del norte, que solo habían oído rumores acerca del humo negro. Mi hermano se enteró de que la mitad de los miembros del gobierno se habían reunido en Birmingham, y que se estaban preparando enormes cantidades de explosivos de alta potencia para instalarlas en minas automáticas por los condados de la región central.

También le explicaron que la Midland Railway Company había encontrado sustitutos para los desertores del primer día de pánico y había reanudado el tráfico, y hacía circular trenes desde St. Albans para aliviar la congestión en los condados de las afueras de Londres. En Chipping

Ongar había un letrero anunciando grandes reservas de harina en las poblaciones del norte, y que al cabo de veinticuatro horas se distribuiría pan entre las personas hambrientas de la zona. Pero esta información no le hizo desechar el plan de huida que había trazado, y los tres viajeros continuaron todo el día hacia el este sin volver a oír hablar de la distribución de pan salvo por aquella promesa. De hecho, nadie supo nada más al respecto. Aquella noche cayó la séptima estrella, sobre Primrose Hill. Cayó mientras vigilaba la señorita Elphinstone, que se turnaba con mi hermano. Y ella la vio.

El miércoles los tres fugitivos —que habían pasado la noche en un trigal que aún no estaba maduro— alcanzaron Chelmsford, donde un grupo, que se hacía llamar el Comité de Suministro Público, se apoderó del poni diciendo que eran provisiones, y no les dio nada a cambio excepto la promesa de llevarles un trozo el día siguiente. Allí oyeron rumores de que había marcianos en Epping, y se enteraron de la destrucción de las fábricas de pólvora de Waltham Abbey en un intento inútil de volar a uno de los invasores.

La gente estaba alerta por si veía marcianos desde las torres de la iglesia. Mi hermano tomó una decisión afortunada al continuar directamente hasta la costa en vez de esperar a la comida, aunque los tres estaban muy hambrientos. Al mediodía pasaron por Tillingham, que, por extraño que parezca, estaba bastante silencioso y abandonado, salvo por unos cuantos saqueadores furtivos que buscaban comida. Cerca de Tillingham se encontraron de repente ante el mar, y la concentración más increíble de barcos de toda clase que uno pueda imaginar.

Como los marineros ya no podían subir por el Támesis, se desviaron hacia la costa de Essex, a Harwich, Walton y Clacton, y luego a Foulness y Shoebury, para sacar a la gente. Se hallaban en una curva enorme en forma de hoz que acababa desvaneciéndose en la bruma en dirección a Naze. Cerca de la costa había infinidad de barcas de pesca, inglesas, escocesas, francesas, holandesas y suecas; lanchas de vapor que venían del Támesis, yates, barcas eléctricas, y más allá, barcos de gran arqueo, un enjambre de carboneros sucios, elegantes buques mercantes, barcos para transportar ganado, de pasajeros, petroleros, mercantes oceánicos, incluso un viejo buque de transporte blanco, pulcros transatlánticos blancos y grises procedentes de Southampton y Hamburgo, y por la costa azul, a través del Blackwater, mi hermano vislumbró una densa acumulación de barcos regateando con la gente de la playa, acumulación que también se extendía por el Blackwater casi hasta Maldon.

A menos de dos millas mar adentro se hallaba un acorazado muy sumergido, casi, según mi hermano, como un barco inundado. Era el Thunder Child. Era el único buque de guerra que se veía, pero lejos a la derecha, sobre la superficie lisa del mar —porque aquel día había una calma mortal— se alzaba una serpiente de humo negro que señalaba a los siguientes acorazados de la flota del Canal. Enardecidos y listos para entrar en acción, estos buques formaron una línea extensa a través del estuario del Támesis mientras los marcianos llevaban a cabo su conquista, y aunque estaban alerta no pudieron evitarla.

Al ver el mar y a pesar de lo mucho que se esforzó su cuñada por tranquilizarla, la señora Elphinstone se dejó llevar por el pánico. Nunca había salido de Inglaterra, y preferiría morir a dejarse llevar sin amistades de ninguna clase a un país extranjero, y cosas por el estilo. Parecía imaginarse, la pobre mujer, que los franceses y los marcianos acabarían resultando seres similares. Durante los dos días de viaje se había vuelto cada vez más histérica, miedosa y depresiva. Su gran idea era volver a Stanmore. Siempre habían estado seguras y a salvo en Stanmore. Encontrarían a George en Stanmore.

Les costó muchísimo hacerla bajar a la playa, donde mi hermano consiguió llamar la atención de unos hombres que iban en un vapor de paletas procedente del Támesis. Enviaron una barca e hicieron un trato por treinta y seis libras por los tres. El barco se dirigía, comentaron los hombres, a Ostende.

Debían de ser las dos cuando mi hermano, tras pagar la tarifa en la pasarela, se halló seguro a bordo del barco con las personas que llevaba a su cargo. Había comida, aunque a precios exorbitantes, y los tres lograron almorzar en uno de los asientos delanteros.

Había ya unos cuarenta pasajeros a bordo, algunos de los cuales se habían gastado lo que les quedaba para asegurarse el pasaje, pero el capitán no abandonó el Blackwater hasta las cinco de la tarde, y recogió pasajeros hasta que las cubiertas para sentarse quedaron peligrosamente abarrotadas. Y es probable que hubiera esperado más rato de no haber sido por los cañonazos que empezaron a oírse en el sur. A modo de repuesta, el acorazado orientado hacia el mar disparó un cañón pequeño y alzó una hilera de banderas. De una de sus chimeneas salió un chorro de humo.

Algunos pasajeros creían que los disparos procedían de Shoeburyness, hasta que se percataron de que cada vez se oían más alto. Al mismo tiempo, a lo lejos, en el sudeste, los mástiles y la obra superior de tres acorazados salieron volando uno tras otro sobre el mar, bajo nubes de humo negro. Pero mi hermano no tardó en desviar la atención hacia los disparos distantes en el sur, y le pareció ver una columna de humo que brotaba de la neblina gris.

El barco de vapor ya pedaleaba hacia el este de la gran media luna de barcos, y la costa baja de Essex se estaba volviendo más azul y brumosa, cuando apareció un marciano, pequeño y apenas distinguible en la distancia, avanzando por la costa embarrada desde Foulness. Al verlo, el capitán se puso a insultar vociferando, asustado y furioso por haber salido con retraso, y las paletas parecieron contagiarse de su terror. Todos lo que estaban a bordo se quedaron en los macarrones o en los asientos del buque y se quedaron mirando la figura distante, más alta que los árboles o las torres de las iglesias del interior, que avanzaba como si imitara lentamente el caminar humano.

Era el primer marciano que veía mi hermano. Se puso en pie, más asombrado que aterrorizado, contemplando cómo aquel titán avanzaba con parsimonia hacia los barcos, metiéndose cada vez más en el agua al desviarse la costa. Entonces, pasado el Crouch, a lo lejos, apareció otro pisoteando unos árboles raquíticos, y luego otro más, aún más alejado, metiéndose en una marisma brillante que parecía suspendida entre el cielo y el mar. Todos avanzaban mar adentro, como si quisieran interceptar la huida de los innumerables navíos que se acumulaban entre Foulness y el Naze. A pesar de los vibrantes esfuerzos de los motores del pequeño barco de vapor y de la espuma que soltaban sus ruedas, se alejaba con una lentitud aterradora de aquel avance ominoso.

Mirando hacia el noroeste, mi hermano vio que la extensa media luna de barcos ya se estremecía con el terror que se avecinaba; un barco se metía detrás de otro, otro que estaba de costado se ponía de popa, algunos barcos de vapor silbaban y humeaban, se desplegaban velas, corrían lanchas de acá para allá. Mi hermano estaba tan fascinado ante aquel movimiento y el peligro que se acercaba por la izquierda que no prestaba atención a lo que pudiera venir del mar. Y entonces un movimiento rápido del barco de vapor (que se había dado la vuelta de repente para evitar que lo aplastaran) lo hizo caer de su asiento de cabeza al suelo. Oyó gritos a su alrededor, carreras, y unos vítores que parecían obtener una respuesta lejana. El barco de vapor dio otro bandazo y le hizo caer otra vez de frente.

Mi hermano se puso en pie y vio a estribor, a menos de cien metros de donde su barco escorado cabeceaba, un bulto enorme de hierro como la cuchilla de un arado rasgando el agua, formando a cada lado enormes olas espumosas que saltaban hacia el barco y le hacían agitar las paletas inútilmente por los aires, para luego inundarle la cubierta casi hasta la línea de flotación.

La salpicadura cegó a mi hermano durante un instante. Cuando volvió a quedarle la vista despejada vio que el monstruo había pasado y corría hacia tierra. Un gran mecanismo superior de acero despuntaba en esta estructura acelerada, y de ahí salían unas chimeneas gemelas que escupían una ráfaga humeante y llameante. Era el torpedero Thunder Child, que acudía a todo vapor al rescate de los barcos amenazados.

Agarrándose a los baluartes para mantener el equilibrio en el vaivén de la cubierta, mi hermano volvió a mirar detrás de aquel leviatán combativo hacia los marcianos, y entonces los vio a los tres juntos, tan adentrados en el mar que sus trípodes estaban sumergidos casi del todo. Así hundidos, y vistos a distancia, parecían mucho menos formidables que el enorme bulto de hierro cuya estela tanto hacía cabecear al barco de vapor. Parecían contemplar perplejos al nuevo contrincante. Tal vez su inteligencia les decía que el gigante podía ser incluso uno de ellos. El Thunder Child no disparó ningún cañón, sino que se dirigió a toda marcha hacia ellos. El hecho de no disparar fue probablemente lo que le permitió acercarse tanto al enemigo.

No sabían qué pensar de él. Un solo proyectil les habría bastado para hundirlo inmediatamente con el rayo de calor.

El acorazado avanzaba a tal ritmo que al cabo de un minuto ya parecía hallarse a mitad de camino entre el barco de vapor y los marcianos, formando un bulto negro cada vez más pequeño que se recortaba contra la extensión horizontal menguante de la costa de Essex.

De repente el marciano más avanzado bajó el tubo y descargó una lata de gas negro hacia el acorazado. Lo alcanzó a babor y el impacto rebotó formando un chorro oscuro que salió disparado hacia el mar, desplegando un torrente de humo negro, pero el acorazado consiguió apartarse de él. A los que miraban desde el barco de vapor, sumergido en el mar y con el sol de cara, les pareció como si el acorazado ya se encontrara entre los marcianos.

Vieron a las figuras descarnadas separarse y salir del agua al retirarse hacia la costa, y uno de ellos alzó el generador del rayo de calor, que era como una cámara. Lo sostuvo señalando oblicuamente hacia abajo, y una masa de vapor salió del agua cuando la tocó el rayo. Debió de atravesar el hierro del costado del barco como un hierro candente atravesaría un trozo de papel.

Una llama parpadeante se alzó entre el vapor, y a continuación el marciano perdió el pulso y se tambaleó. Al cabo de un instante quedó partido en dos, y una gran masa de agua y vapor salió disparada por los aires. Disparados uno tras otro, los cañones del Thunder Child resonaron en el vapor, y uno de los disparos salpicó una gran cantidad de agua cerca del barco de vapor, rebotó en dirección a los otros buques que huían hacia el norte y destrozó una barca de pesca.

Pero nadie se fijó en ello. Al ver hundirse al marciano, el capitán del barco soltó unos alaridos inarticulados y todos los pasajeros apiñados en la popa gritaron al unísono. Y volvieron a gritar. Pues más allá del torbellino blanco avanzaba algo largo y negro, con llamas en el centro y unos ventiladores y chimeneas que soltaban fuego.

El acorazado seguía vivo; al parecer el aparato de gobierno estaba intacto, y los motores funcionaban. Se dirigió directamente hacia el segundo marciano, y estaba a menos de cien metros de él cuando el rayo de calor volvió a atacar. Entonces se oyó un ruido sordo y violento, se produjo un destello cegador y las cubiertas y las chimeneas del acorazado saltaron por los aires. El marciano se tambaleó debido a la violencia de la explosión, y un segundo después los restos en llamas, que aún volaban con el impulso, lo habían alcanzado y arrugado como si fuera de cartón. Mi hermano no pudo reprimir un grito. Un tumulto de vapor hirviendo volvió a ocultarlo todo.

—¡Dos! —gritó el capitán.

Todo el mundo gritaba. El barco vibraba de un extremo a otro con los vítores frenéticos que empezó a exclamar primero uno y luego todos los pasajeros apelotonados en los barcos y barcas que salían hacia el mar.

El vapor se cernió por encima del agua durante varios minutos, ocultando totalmente al tercer marciano y la costa. Y durante todo ese tiempo, el barco de vapor continuó sin parar hacia el mar apartándose de la lucha. Cuando por fin la confusión se desvaneció, se interpuso la masa de vapor negro a la deriva, y ya no se veían ni el Thunder Child ni el tercer marciano. Pero los acorazados orientados hacia el mar ya estaban bastante cerca y miraban hacia la costa al cruzarse con el barco de vapor.

El barquito continuaba avanzando mar adentro, y los acorazados retrocedían lentamente hacia la costa, que seguía oculta por una masa marmolada de neblina, en parte vapor y en parte gas negro, que se arremolinaba y combinaba de los modos más extraños posibles. La flota de refugiados se estaba desperdigando hacia el nordeste; varias barcas de pesca navegaban entre los acorazados y el barco de vapor. Al cabo de un rato, y antes de alcanzar la amalgama nubosa que se estaba hundiendo, los buques de guerra se volvieron hacia el norte y luego viraron bruscamente y se adentraron en la bruma cada vez más densa del anochecer en dirección sur. La costa se volvió más borrosa y, al final, indistinguible entre los bancos de nubes bajas que estaban creciendo sobre la puesta de sol.

Entonces, de repente, de la bruma dorada del crepúsculo llegó la vibración de unos cañones, y se formaron unas sombras negras que se movían. Todo el mundo se concentró en la barandilla del barco y miró hacia la caldera cegadora del oeste, pero no se distinguía nada con claridad. Una masa de humo se alzaba inclinada y cubría el rostro del sol. El barco de vapor avanzaba vibrando, sumido en un suspense interminable.

El sol se hundió en las nubes grises, el cielo enrojeció y se oscureció, la estrella nocturna tembló al aparecer. Ya habían penetrado en el crepúsculo cuando el capitán gritó y señaló alguna cosa. Mi hermano forzó la vista. Algo salió disparado de la luz grisácea, y ascendió, inclinado y veloz, hacia la claridad luminosa por encima de las nubes en el cielo de poniente; un objeto plano, ancho y muy grande, que describió una curva muy amplia, se hizo más pequeño, se hundió lentamente y desapareció de nuevo en el misterio gris de la noche. Y mientras volaba llovió oscuridad sobre la tierra.

LIBRO II

LA TIERRA DOMINADA POR LOS MARCIANOS

1
ENTERRADOS

En el primer libro me he desviado tanto de mis propias aventuras para contar las experiencias de mi hermano que el cura y yo hemos pasado los dos últimos capítulos agazapados en la casa vacía de Halliford, adonde huimos para escapar del humo negro. Continuaré el relato a partir de ahí. Nos pasamos todo el domingo por la noche y el lunes —el día del pánico— en una islita de luz, separados por el humo negro del resto del mundo. No pudimos hacer otra cosa salvo esperar sumidos en una dolorosa inactividad durante dos tediosos días.

Yo estaba ansioso por mi esposa. Me la imaginaba en Leatherhead, aterrorizada, en peligro, llorándome ya como si hubiera fallecido. Me paseaba arriba y abajo por las habitaciones y gritaba cuando pensaba en nuestra separación, en todo lo que podría ocurrirle en mi ausencia. Sabía que mi primo era lo bastante valiente para enfrentarse a cualquier urgencia, pero no era un hombre que se percatara rápidamente del peligro, que actuase con rapidez. Lo que necesitábamos ahora no era valentía, sino cautela. Mi único consuelo era pensar que los marcianos se desplazaban hacia Londres, apartándose de ella. Esas preocupaciones imprecisas me tenían sensible y dolorido. Estaba muy irritable, harto de las exclamaciones constantes del cura, y me agotaba presenciar su desesperación egoísta. Tras una protesta inútil me mantuve apartado de él, me quedé en una habitación, que debía de ser un aula infantil, donde había globos, figuras y cuadernos. Cuando me siguió hasta allí me fui a un trastero en lo alto de la casa, y para estar solo con mis dolorosas miserias me encerré dentro.

Estuvimos totalmente rodeados por el humo negro durante todo aquel día y la mañana siguiente. Nos pareció que había gente en la casa de al lado el domingo por la noche: vimos un rostro en una ventana y luces que se movían, y luego oímos un portazo. No sé quiénes eran, ni qué fue de ellos. No volvimos a verlos al día siguiente. El humo negro fue arrastrándose hacia el río durante toda la mañana, cada vez más cerca de nosotros, hasta que acabó cubriendo la calzada frente a la casa en que nos escondíamos.

Un marciano cruzó los campos al mediodía, rociándolos con un chorro de vapor supercaliente que silbó al alcanzar las paredes, rompió todas las ventanas que tocaba y le escaldó la mano al cura cuando huyó del salón. Cuando por fin conseguimos deslizarnos por las habitaciones empapadas y volver a mirar, parecía como si una tormenta de nieve oscura hubiera atravesado los campos hacia el norte. Nos quedamos perplejos al ver, hacia el río, una rojez incomprensible mezclada con el negro de los prados quemados.

Tardamos un rato en entender cómo afectaba este cambio a nuestra situación, pero dejamos de temer al humo negro. Más adelante me di cuenta de que ya no estábamos rodeados, de que podríamos huir. En cuanto me percaté de que la vía de escape había quedado abierta, volví a sentir deseos de entrar en acción. Sin embargo, el cura estaba apático y no atendía a razones.

—Aquí estamos seguros —repetía—. Aquí, seguros.

Decidí abandonarlo... ¡ojalá lo hubiera hecho! Aplicando lo que había aprendido del artillero, busqué comida y bebida. Había encontrado aceite y trapos para mis quemaduras, y también cogí un sombrero y una camisa de franela que encontré en una de las habitaciones. Cuando le quedó claro que pensaba irme solo —que me había resignado a marcharme solo—, se levantó de repente para venir conmigo. Como toda la tarde había estado tranquila, salimos a eso de las cinco, según calculé, por la carretera ennegrecida hacia Sunbury.

En Sunbury, y en algunos tramos de la carretera, encontramos cadáveres que yacían contorsionados, tanto de caballos como de hombres, carros y equipaje volcado, todos cubiertos con una espesa capa de polvo negro. Esa capa de polvo de ceniza me hizo pensar en lo que había leído de la destrucción de Pompeya. Llegamos a Hampton Court sin percances, aunque no dejaban de aparecer cosas extrañas y desconocidas, y nos alivió encontrar un pedazo de césped que había escapado del avance asfixiante. Atravesamos Bushey Park, donde los ciervos iban y venían bajo los castaños, y algunos hombres y mujeres corrían a lo lejos hacia Hampton, y así llegamos a Twickenham. Esas fueron las primeras personas que vimos.

Al otro lado de la carretera, pasados Ham y Petersham, los bosques seguían ardiendo. Twickenham no había sufrido daños ni del rayo de calor ni del humo negro, y por allí había más gente, aunque nadie sabía nada. La mayoría hacía como nosotros, aprovechaban la tregua para cambiar de escondrijo. Me imagino que muchas de las casas seguían ocupadas por sus habitantes asustados, demasiado asustados para huir. También abundaban las evidencias de una huida precipitada por la carretera. Recuerdo sobre todo tres bicicletas aplastadas formando un montón, machacadas en la carretera por las ruedas de los carros que pasaron después. Atravesamos el puente de Richmond alrededor de las ocho y media. Por supuesto, cruzamos el puente expuesto a toda prisa, pero me fijé en que por el río, a lo largo de varios metros, flotaban unas cuantas masas rojas. No sabía lo que eran —no había tiempo para inspeccionarlas—, y les di una interpretación más horrible de lo que merecían. En la orilla de Surrey volvía a haber polvo negro que antes era humo, y cadáveres, un montón de cuerpos cerca del acceso a la estación, pero no atisbamos a los marcianos hasta que nos dirigimos a Barnes.

En la distancia renegrida vimos a un grupo de tres personas corriendo por una callecita que llevaba al río, pero por lo demás no parecía haber nadie. La ciudad de Richmond ardía intensamente hasta la colina; fuera de la ciudad no había ni rastro del humo negro.

Y entonces, al acercarnos a Kew, llegaron de sopetón varias personas corriendo, y la parte superior de una máquina guerrera marciana se alzó por encima de los tejados de las casas, a menos de cien metros de nosotros. Nos quedamos paralizados de miedo, y si el marciano hubiera bajado la vista habríamos perecido en el acto. Estábamos tan aterrorizados que no nos atrevíamos a continuar, así que nos desviamos a un lado y nos escondimos en el cobertizo de un jardín. Allí el cura se agachó, llorando en silencio, y se negó a volver a moverse.

Yo no dejaba de pensar en volver a Leatherhead, y al anochecer salí de nuevo. Atravesé unos arbustos y un pasaje junto a una casa grande con terreno, y así llegué a la carretera de Kew. Había dejado al cura en el cobertizo, pero vino corriendo tras de mí.

Esa segunda salida fue lo más estúpido que he hecho en la vida, porque estaba claro que los marcianos nos rodeaban. En cuanto el cura me alcanzó vimos a la máquina guerrera que habíamos visto antes, o quizá a otra, al otro lado de los prados que se extendían hacia Kew Lodge. Cuatro o cinco figuritas negras corrían ante ella por el campo gris y verde, y enseguida quedó claro que aquel marciano las perseguía. Las alcanzó en tres zancadas, y ellas se alejaron de sus pies corriendo en todas direcciones. No utilizó el rayo de calor para destruirlas, sino que las fue cogiendo una tras otra. Parece ser que las arrojó en la gran cesta metálica que sobresalía de detrás de él, como la cesta colgada al hombro de un obrero.

Fue la primera vez que pensé que los marcianos podían tener otro objetivo aparte de destruir a la humanidad derrotada. Nos quedamos petrificados un instante, nos volvimos y huimos cruzando una verja que teníamos detrás hasta un jardín vallado; encontramos una zanja, o más bien tuvimos la suerte de caernos dentro, y allí nos quedamos, sin atrevernos apenas a susurrar hasta que salieron las estrellas.

Debían de ser casi las once cuando reunimos el coraje necesario para continuar avanzando. Ya no nos aventuramos por la carretera, sino que fuimos a hurtadillas por los setos y a través de las plantaciones, vigilando atentamente la oscuridad, él a la derecha y yo a la izquierda, por si había marcianos, que parecían estar por todas partes. Llegamos a una zona arrasada y negra, que se estaba enfriando y deshaciendo en cenizas, con varios cadáveres humanos desperdigados, horriblemente quemados por la cabeza y el tronco, pero con las piernas y las botas casi intactas; también había caballos muertos, a unos quince metros, quizá, de una fila de cuatro cañones rotos con sus cureñas destrozadas.

Al parecer Sheen había escapado de la destrucción; aun así, el lugar estaba silencioso y abandonado. Allí no encontramos cadáveres, aunque la noche era demasiado oscura para ver las callecitas del lugar. En Sheen mi compañero se quejó de repente de debilidad y sed, y decidimos intentar entrar en una de las casas.

Tras forcejear con una ventana, entramos en una casa pareada. No hallamos nada comestible salvo un poco de queso mohoso. Había, no obstante, agua para beber, y yo cogí un hacha, que prometía sernos útil para colarnos en la siguiente casa.

Luego pasamos a un lugar donde la carretera gira hacia Mortlake. Allí había una casa blanca dentro de un jardín vallado, y en la despensa de la vivienda descubrimos una reserva de comida: dos hogazas de pan en una bandeja, un filete sin cocinar y medio jamón. Describo este catálogo con precisión porque tuvimos que subsistir con estas provisiones durante los quince días siguientes. Había cerveza embotellada bajo una estantería, dos bolsas de alubias y unas cuantas lechugas mustias. La despensa se abría a un anexo donde encontramos leña. También había un armario, del que sacamos casi una docena de borgoñas, sopa y salmón en conserva, y dos latas de galletas.

Nos sentamos en la cocina adyacente a oscuras —pues no nos atrevíamos a encender la luz— y comimos pan y jamón, y bebimos cerveza de la misma botella. El cura, que continuaba timorato y agitado, estaba, por extraño que parezca, dispuesto a continuar, y yo le instaba a guardar fuerzas y comer, cuando sucedió lo que nos acabó encerrando.

—No puede ser medianoche ya —comenté, y entonces surgió un destello cegador de luz verde intensa. En la cocina todo apareció, claramente visible bajo la luz verde y negra, y volvió a desvanecerse. Y entonces se produjo la mayor conmoción que he oído en mi vida, y que no he vuelto a oír jamás. Acto seguido oí un ruido sordo por detrás, la rotura de un cristal, el estrépito y el golpeteo de la mampostería al caer a nuestro alrededor, y el yeso del techo se derrumbó encima de nosotros, resquebrajándose en multitud de fragmentos sobre nuestras cabezas. Caí de bruces al suelo, me di un golpe contra el tirador del horno y perdí el conocimiento. El cura me explicó que pasé mucho rato inconsciente. Cuando recuperé el sentido volvíamos a estar a oscuras, y él, con la cara manchada de la sangre que le brotaba de un corte en la frente, según descubrí más tarde, me estaba aplicando un poco de agua.

Tardé un rato en recordar qué había sucedido. Luego empecé a acordarme. Me estaba saliendo un moratón en la sien.

—¿Se encuentra mejor? —me preguntó susurrando el cura. Por fin conseguí responderle y me incorporé.

—No se mueva —dijo—. El suelo está cubierto de trozos de la vajilla del aparador. No puede moverse sin hacer ruido, y me parece que ellos están fuera.

Nos quedamos sentados en silencio, de modo que apenas nos oíamos respirar el uno al otro. Todo parecía mortalmente silencioso, pero en una ocasión algo, un pedazo de yeso o de ladrillo roto, se deslizó retumbando junto a nosotros. Fuera, muy cerca, se oía un golpeteo intermitente, metálico.

—¡Eso! —señaló el cura cuando volvimos a oírlo.

—Sí. ¿Qué es?

—¡Un marciano! —respondió el cura. Lo escuché de nuevo.

—No ha sido como el rayo de calor —opiné, y durante un rato me sentí inclinado a pensar que una de las descomunales máquinas guerreras había chocado contra la casa, ya que había visto tropezar a una contra la torre de la iglesia de Shepperton.

Nuestra situación era tan extraña e incomprensible que durante tres o cuatro horas, hasta que llegó el amanecer, apenas nos movimos. Y entonces se filtraron las luces, no a través de la ventana, que permanecía negra, sino de una abertura triangular entre una viga y un montón de ladrillos rotos en la pared que había detrás de nosotros. Veíamos el interior de la cocina, grisáceo, por vez primera.

La ventana había implosionado empujada por una masa de mantillo del jardín, que sobresalía por encima de la mesa en la que habíamos estado sentados y quedaba a nuestros pies. Fuera, la tierra se amontonaba contra la casa. En lo alto del marco de la ventana vimos un bajante arrancado. Había un montón de utensilios desperdigados y destrozados por el suelo; el extremo de la cocina hacia el interior de la casa estaba seccionado, y como allí brillaba la luz del sol era evidente que gran parte de la casa se había derrumbado. Contrastaba intensamente con estas ruinas el pulcro aparador, pintado del verde claro a la moda, con varios recipientes de cobre y latón por debajo, el papel pintado que imitaba los azulejos, y un par de grabados de colores que sobresalían de las paredes por encima de la cocina.

Al ir amaneciendo, vimos a través de la abertura de la pared el cuerpo de un marciano que vigilaba, supongo, el cilindro aún brillante. Al verlo nos arrastramos con tanta cautela como pudimos desde la penumbra de la cocina hasta la oscuridad de la leñera.

Entonces me vino bruscamente a la mente la interpretación correcta de lo sucedido.

—¡El quinto cilindro —susurré—, el quinto disparado desde Marte, ha alcanzado nuestra casa y nos ha enterrado bajo las ruinas!

El cura pasó un rato en silencio hasta que susurró:

—¡Que Dios se apiade de nosotros!

A excepción de esta corta conversación permanecimos en silencio en la leñera; yo apenas me atrevía a respirar, y me quedé sentado con la mirada fija en la débil luz de la puerta de la cocina. Solo veía el rostro del cura formando un óvalo apenas distinguible, y el cuello y los puños de su camisa. Fuera empezó a oírse un martilleo metálico, luego un pitido violento, y luego otra vez, tras un intervalo silencioso, un silbido como el de un motor. Estos ruidos, la mayoría de ellos no identificables, continuaron intermitentemente, y parecían intensificarse a medida que transcurría el tiempo. Entonces empezaron a llegarnos unos ruidos sordos regulares y una vibración que hizo temblar todo lo que nos rodeaba y provocó que los recipientes de la despensa retumbaran y se movieran. La luz quedó eclipsada un instante, y la entrada fantasmal a la cocina se oscureció totalmente. Pasamos muchas horas agazapados allí, callados y temblando, hasta que nuestra atención, exhausta, se agotó...

Por fin me desperté muy hambriento. Me inclino a pensar que pasamos la mayor parte del día durmiendo. El hambre se imponía con tanta insistencia que me hizo actuar. Le dije al cura que iba a buscar comida, y fui a tientas hasta la despensa. Él no replicó, pero en cuanto empecé a comer el ruidito que hacía lo despertó y lo oí arrastrándose hacia mí.

2
LO QUE VIMOS DESDE LA CASA EN RUINAS

Después de comer nos deslizamos otra vez hasta la leñera, y debí de dormirme otra vez, porque cuando volví a mirar a mi alrededor estaba solo. La vibración sorda continuó con una insistencia tediosa. Llamé susurrando al cura varias veces, y acabé abriéndome paso a tientas hacia la puerta de la cocina. Aún era de día y vislumbré al cura al otro lado de la habitación, apoyado contra el agujero triangular que permitía ver a los marcianos. Tenía los hombros encorvados, así que no le veía la cabeza.

Oí varios ruidos parecidos a los de un depósito de locomotoras, y la casa vibró debido a este golpeteo sordo e insistente. Por la abertura de la pared vi la copa de un árbol salpicada de dorado, y el azul cálido del cielo tranquilo del anochecer. Debí de pasarme un minuto observando al cura, y luego me acerqué a él, agachándome y pisando con extrema precaución entre la vajilla rota desperdigada por el suelo.

Le toqué la pierna y se agitó tan violentamente que una masa de yeso se deslizó desde fuera y cayó con un gran estruendo. Le agarré el brazo, temiendo que soltara un grito, y pasamos un buen rato agazapados, inmóviles. Luego me volví a ver qué quedaba de nuestro refugio. Al desprenderse el yeso se había hecho una rendija vertical en los escombros, y saltando con cuidado una viga conseguí ver fuera de esta abertura lo que la noche anterior era la calzada silenciosa de una calle residencial. El cambio que contemplamos era desde luego descomunal.

El quinto cilindro debía de haber caído justo donde estaba la primera casa que visitamos. El edificio había desaparecido, completamente aplastado, pulverizado y desperdigado por el golpe. El cilindro se hallaba ahora muy por debajo de los cimientos originales, metido en un agujero mucho más grande que el hoyo al que me había asomado en Woking. La tierra lo había salpicado todo debido a aquel impacto tremendo —«salpicado» es la palabra adecuada— y yacía en unos grandes montones que ocultaban los bultos de las casas adyacentes. Se había comportado exactamente como el barro ante el golpe violento de un martillo. Nuestra casa se había hundido hacia atrás; la parte delantera, incluso en la planta baja, había quedado destruida por completo; por fortuna, la cocina y la leñera habían escapado de la ruina, sepultadas bajo el polvo y los escombros, rodeadas por toneladas de tierra por todos lados excepto en la dirección del cilindro. Nos hallábamos en el borde mismo del gran hoyo circular que los marcianos se afanaban en hacer. Era evidente que el ruido palpitante y pesado venía justo de detrás de nosotros, y un vapor verde brillante se extendía una y otra vez como un velo ante nuestra mirilla.

El cilindro ya estaba abierto en el centro del hoyo. En su extremo más alejado, entre los setos aplastados y cubiertos de grava, una de las descomunales máquinas guerreras, abandonada por su ocupante, permanecía rígida y alta, recortada contra el cielo nocturno. Al principio apenas me fijé en el hoyo y el cilindro, aunque ha resultado práctico describirlos en primer lugar, debido al extraordinario mecanismo centelleante que vi ocupado en la excavación, y a las extrañas criaturas que se arrastraban lenta y dolorosamente a través de la tierra acumulada cerca del mismo.

El mecanismo fue lo primero que atrajo mi atención, desde luego. Era una de esas estructuras sorprendentes que desde entonces se han denominado máquinas instrumentales, y el estudio de las cuales ya ha dado un impulso enorme a la inventiva terrícola. Como me pareció en un primer momento, presentaba una especie de araña metálica con cinco patas articuladas y ágiles y un número asombroso de palancas y barras articuladas, y unos tentáculos por el cuerpo para alcanzar y agarrar cosas. Tenía la mayoría de los brazos retraídos, pero con tres tentáculos largos sacaba diversas varas, placas y barras que revestían y al parecer reforzaban las superficies del cilindro. Tras extraerlas, las levantaba y las depositaba en una superficie plana de tierra que le quedaba detrás.

Su movimiento era tan rápido, complejo y perfecto que al principio no me pareció que fuera una máquina, pese a su destello metálico. Las máquinas guerreras estaban coordinadas y animadas hasta un punto extraordinario, pero no era nada comparado con esto. La gente que no ha visto estas estructuras y para concebirlas cuenta solo con las obras mal imaginadas de artistas o las descripciones imperfectas de testigos oculares como yo no pueden entender lo viva que estaba.

Recuerdo especialmente la ilustración de uno de los primeros panfletos publicados para ofrecer un relato consecutivo de la guerra. Era evidente que el artista había realizado un estudio apresurado de una de las máquinas guerreras, y ahí terminaban sus conocimientos. Las presentaba como trípodes rígidos e inclinados, sin flexibilidad ni sutileza, lo que generaba un efecto monótono totalmente engañoso. El panfleto donde aparecieron estas interpretaciones cobró una fama considerable, y las menciono aquí sencillamente para advertir al lector de que producían una impresión equivocada. Su parecido con los marcianos que vi en acción no era mayor que el de una muñeca articulada de madera con un ser humano. Creo que el panfleto habría quedado mucho mejor sin ellas.

Al principio, digo, la máquina instrumental no me impresionó como máquina, sino porque era una criatura parecida a un cangrejo con un tegumento centelleante: el marciano que controlaba sus tentáculos delicados y le permitía moverse parecía el equivalente del cerebro de tal animal. Sin embargo, entonces percibí la similitud de su tegumento marrón y gris, brillante y curtido, con el de los otros cuerpos tendidos más allá, y comprendí la naturaleza de su diestro obrero. Así mi interés se desplazó hacia las otras criaturas, los auténticos marcianos. Ya me había formado una opinión rápida de ellos, y la náusea inicial dejó de oscurecer mis observaciones. Además, me hallaba oculto e inmóvil, por lo que no me apremiaba actuar.

Eran, lo digo ahora, las criaturas más sobrenaturales que se pueden concebir. Tenían enormes cuerpos redondos —o más bien, cabezas— de más de un metro de diámetro, y delante de cada cuerpo, una cara. La cara no tenía fosas nasales —lo cierto es que los marcianos no parecían poseer ninguna clase de sentido del olfato—, pero sí un par de ojos muy grandes y oscuros, y justo debajo de ellos una especie de pico carnoso. En la parte de atrás de esta cabeza o cuerpo —pues apenas sé cómo definirlo— se hallaba una única superficie timpánica estrecha, desde entonces considerada anatómicamente una oreja, aunque debía de resultar casi inútil en nuestro aire, más denso. En torno a la boca había un total de dieciséis tentáculos finos, casi como látigos, dispuestos en dos grupos de ocho. El profesor Howes, distinguido anatomista, les dio el nombre de «manos», una designación bastante acertada. La primera vez que vi a aquellos marcianos ya parecían esforzarse por alzarse sobre estas manos, pero debido a su peso, aumentado por las condiciones terrestres, no les era posible. Hay motivos para suponer que en Marte podrían servirse de ellas para moverse con cierta facilidad.

Debo señalar que la anatomía interna, tal como ha mostrado desde entonces la disección, era casi igual de simple. La mayor parte de la estructura era el cerebro, que conectaba unos nervios enormes con los ojos, el oído y los tentáculos táctiles. Junto a él se hallaban los voluminosos pulmones, a los que se abría la boca, y el corazón y sus vasos sanguíneos. Las dificultades para respirar provocadas por la densa atmósfera y la mayor atracción gravitacional resultaban más que evidentes en los movimientos convulsivos de la piel exterior.

Y esta era la suma de los órganos marcianos. Por muy extraño que le parezca a un ser humano, el complejo aparato digestivo que constituye el grueso de nuestros cuerpos no existía en el caso de los marcianos. Eran cabezas, solo cabezas. No tenían entrañas. No comían, ni mucho menos digerían, sino que tomaban la sangre fresca y palpitante de otras criaturas y se la «inyectaban» en las venas. Vi con mis propios ojos cómo lo hacían, y lo mencionaré cuando corresponda. Pero, aunque parezca muy aprensivo, no logro describir lo que ni siquiera pude seguir mirando. Bastará con que diga que la sangre obtenida de un animal vivo y quieto, en la mayoría de los casos un ser humano, circulaba directamente a través de una pipeta hasta el canal receptor...

El mero hecho de pensar en esto nos resulta horriblemente repulsivo, no obstante, también creo que deberíamos recordar lo repulsivos que resultarían nuestros hábitos carnívoros a un conejo inteligente.

Las ventajas fisiológicas de la práctica de la inyección son innegables, si se piensa en el tremendo desgaste de tiempo y energía humana ocasionado por los procesos de comer y digerir. Nuestros cuerpos están medio formados de glándulas, tubos y órganos, ocupados en convertir en sangre toda clase de comida. Los procesos digestivos y su reacción en el sistema nervioso minan nuestras energías y nos empañan la mente. Los hombres están felices o abatidos según tengan hígados sanos o enfermos, o glándulas gástricas sanas. En cambio, los marcianos vivían por encima de estas fluctuaciones orgánicas de estados de ánimo y emociones.

Su preferencia manifiesta por los hombres como fuente nutritiva queda en parte explicada por la naturaleza de los restos de las víctimas que se habían traído como provisiones de Marte. A juzgar por los restos resecos que han caído en manos humanas, estas criaturas eran bípedos con esqueletos endebles y silíceos (casi como las espículas de las esponjas silíceas) y musculatura débil, que alcanzaban un metro ochenta de altura y tenían cabeza redonda y erguida y ojos grandes, hundidos en cuencas también silíceas. Parece que se trajeron dos o tres de estos seres en cada cilindro, y todos murieron antes de llegar a la Tierra. Era lo mejor que les podía pasar, porque el simple intento de mantenerse erguidos en nuestro planeta habría hecho que se les rompiesen todos los huesos del cuerpo.

Y mientras elaboro esta descripción, debo añadir ciertos detalles que, pese a no resultar del todo evidentes en aquel momento, permitirán al lector que las desconoce hacerse una idea más clara de estas criaturas ofensivas.

Había tres puntos más en los que su fisiología difería extrañamente de la nuestra. Sus organismos no dormían, no más de lo que duerme el corazón del hombre. Como no poseían ningún mecanismo muscular extenso que debiera recuperarse, desconocían el agotamiento periódico. Al parecer no sentían fatiga alguna, o era muy escasa. Aunque en la Tierra no podían desplazarse sin esfuerzo, se mantuvieron activos hasta el final. En veinticuatro horas realizaron veinticuatro horas de trabajo, como puede que sea el caso de las hormigas aquí en la Tierra.

En segundo lugar, por increíble que pueda parecer en un mundo sexuado, los marcianos carecían completamente de sexo, y por tanto no poseían las emociones tumultuosas que surgen de esa diferencia entre los hombres. Un joven marciano, de eso no hay ninguna duda, nació en la Tierra durante la guerra, y fue encontrado adherido a su padre, parcialmente «desprendido», como brotan los bulbos de las liliáceas, o como los animálculos en el pólipo de agua dulce.

En el hombre, y en todos los animales terrestres superiores, ese método reproductivo ha desaparecido, pero desde luego era también el método primitivo en la Tierra. Entre los animales inferiores, y hasta el nivel de los tunicados, primos de los vertebrados, se daban los dos procesos simultáneamente, pero el método sexual acabó reemplazando a su competidor. En Marte, no obstante, parece haber ocurrido justo lo contrario.

Merece la pena destacar que cierto escritor especulativo de reputación casi científica, que escribió mucho antes de la invasión marciana, predijo que el hombre adquiriría una estructura final no muy distinta de la actual condición marciana. Su profecía, recuerdo, apareció en noviembre o diciembre de 1893 en una publicación que hace mucho que desapareció, el *Pall Mall Budget,* y recuerdo la caricatura que de ello hicieron en una revista premarciana llamada *Punch.* Él señaló, en un tono ridículo y burlón, que la perfección de los aparatos mecánicos acabaría sustituyendo a las extremidades; la perfección de los dispositivos químicos, a la digestión; que órganos tales como el pelo, la nariz externa, los dientes, las orejas y la barbilla ya no eran partes esenciales del ser humano, y que la tendencia de la selección natural se orientaría hacia su disminución constante en los tiempos venideros. El cerebro, y nada más, continuaría siendo una necesidad fundamental. Solo otra parte del cuerpo poseía argumentos poderosos para sobrevivir, y era la mano, «maestra y agente del cerebro». Mientras el resto del cuerpo menguaba, las manos crecerían.

Hay muchas palabras ciertas escritas en broma, y en el caso de los marcianos la inteligencia había logrado sin duda suprimir el lado animal del organismo. Me resulta bastante creíble que los marcianos pudieran descender de seres no muy distintos de nosotros, debido a un desarrollo gradual del cerebro y las manos (y que estas últimas acabaran dando lugar a dos grupos de tentáculos delicados) a expensas del resto del cuerpo. Claro que, sin el cuerpo, el cerebro se convertiría en mera inteligencia egoísta, sin el sustrato emotivo del ser humano.

La última diferencia remarcable entre los sistemas de estas criaturas y los nuestros se hallaba en lo que podría haberse considerado un detalle muy trivial. Los microorganismos, que tantas enfermedades y sufrimientos provocaban en la Tierra, nunca han existido en Marte, o la ciencia sanitaria marciana los eliminó hace mucho tiempo. Un centenar de enfermedades, todas las fiebres y contagios de la vida humana, la tisis, los cánceres, tumores y morbosidades semejantes nunca entraron en su vida. Y hablando de las diferencias entre la vida en Marte y la vida terrícola, aludiré a las curiosas teorías de la hierba roja. Al parecer el reino vegetal de Marte, en vez de tener el verde como color dominante, posee un intenso tono rojo sangre. En cualquier caso, las semillas que los marcianos, de forma intencionada o accidental, trajeron consigo, dieron lugar a toda clase de plantas rojas. Solo lo que se conoce popularmente como «hierba roja» fue, no obstante, la que arraigó en competición con las formas terrestres. La trepadora roja tuvo un desarrollo efímero, y pocas personas la han visto crecer, pero durante un tiempo la hierba roja creció con un vigor y una exuberancia sorprendentes. Se extendió junto al hoyo para cuando llegó el tercer o cuarto día de nuestro cautiverio, y sus ramas tipo cactus formaron una hilera carmín hasta los bordes de nuestra ventana triangular. Más adelante la encontré repartida por todo el campo, y sobre todo donde había una corriente de agua.

Los marcianos poseían lo que parecía un órgano auditivo, un solo tambor redondo en la parte trasera de su cabeza-cuerpo, y ojos que alcanzaban un campo visual no muy distinto del nuestro, a excepción de que, según Philips, el azul y el violeta eran como el negro para ellos. La suposición general es que se comunicaban mediante sonidos y gesticulaciones tentaculares; esto se basa, por ejemplo, en el panfleto, hábil pero compilado con precipitación (escrito evidentemente por alguien que no fue testigo ocular de las acciones marcianas), al que ya he hecho referencia y que, hasta ahora, ha sido la principal fuente de información sobre ellos. Sin embargo, ningún otro ser humano superviviente vio tanto a los marcianos en acción como yo. No es que quiera atribuirme méritos por un accidente, pero lo cierto es que así fue. Y afirmo que los vi de cerca una y otra vez, y que vi a cuatro, cinco y, en una ocasión, a seis de ellos realizando lenta y conjuntamente las operaciones más complicadas sin ruido ni gesto alguno. Sus peculiares gritos precedían siempre a la alimentación; no los modulaban, ni se trataba, a mi parecer, de ninguna clase de señal, sino tan solo de que espiraban aire antes de ponerse a succionar. Creo que puedo afirmar que poseo al menos conocimientos rudimentarios de psicología, y en este sentido estoy convencido —tan convencido como de cualquier otra cosa— de que los marcianos intercambiaban pensamientos sin ninguna intermediación física, pese a que antes estaba firmemente convencido de lo contrario. Antes de la invasión marciana, como algún lector ocasional tal vez recuerde, había escrito con cierta vehemencia en contra de la teoría telepática.

Los marcianos no llevaban ropa. Sus concepciones del ornamento y el decoro eran forzosamente distintas de las nuestras; y no solo eran mucho menos sensibles a los cambios de temperatura que nosotros, sino que los cambios de presión no parecían haberles afectado. Pero, aunque no llevaban ropa, era en los otros añadidos artificiales a sus recursos corporales donde radicaba su gran superioridad respecto al hombre. Nosotros, con nuestras bicicletas y patines, nuestras máquinas voladoras herederas de Lilienthal, nuestros cañones, pistolas y demás, estábamos todavía al comienzo de la evolución que ellos ya han completado. Se han convertido prácticamente en meros cerebros, llevan cuerpos distintos según sus necesidades como los hombres llevan trajes para vestirse y cogen una bicicleta cuando tienen prisa o un paraguas cuando llueve. Y de sus aparatos puede que nada maraville más al hombre que la curiosa ausencia del mecanismo dominante en casi todos los artefactos humanos: no tienen ruedas; ninguna de las cosas que trajeron a la Tierra indica ni sugiere que utilicen ruedas. Cabría esperarlas por lo menos en la locomoción. Y en este sentido resulta curioso señalar que incluso en este planeta la naturaleza nunca ha dado con la rueda, o ha preferido otros recursos para desarrollarse. No solo los marcianos o no conocían (lo cual resulta increíble) o se abstenían de usar la rueda, sino que en sus aparatos se usa muy poco el pivote fijo, o el pivote relativamente fijo, de modo que los movimientos circulares se confinan a un solo plano. Casi todas las articulaciones de la maquinaria presentan un sistema complicado de partes deslizantes que se desplazaban por encima de cojinetes de fricción pequeños pero elegantemente curvos. Y siguiendo con esta descripción detallada, resulta destacable que las largas palancas de sus máquinas se accionan en la mayoría de los casos con una especie de falsa musculatura de discos en una funda elástica; estos discos se polarizan y se atraen intensamente al verse atravesados por una corriente eléctrica. De este modo se producía el curioso paralelismo con el movimiento de los animales, que tan sorprendente e inquietante resultaba al observador humano. Esa seudomusculatura abundaba en la máquina instrumental, la que tenía aspecto de cangrejo, que cuando miré por primera vez a través de la rendija estaba vaciando el cilindro. Parecía infinitamente más viva que los marcianos que yacían junto a ella a la luz del atardecer, jadeando, agitando unos tentáculos inútiles y moviéndose débilmente tras su largo viaje por el espacio.

Al atardecer seguía observando sus lentos movimientos, fijándome en todos los extraños detalles de su forma, cuando el cura me recordó su presencia tirándome violentamente del brazo. Me volví y me lo encontré con el ceño fruncido y unos labios silenciosos pero elocuentes. Quería la rendija, por la que solo podía mirar uno de nosotros, así que tuve que privarme de observarlos durante un rato mientras él disfrutaba de ese privilegio.

Cuando volví a mirar, la ocupada máquina instrumental ya había armado con varias de las piezas que había extraído del cilindro una figura que se parecía sin lugar a dudas a la suya; y abajo, a la izquierda, apareció una maquinita excavadora que emitía ráfagas de vapor verde e iba recorriendo el hoyo, excavando y levantando terraplenes de un modo metódico y selectivo. Esa era la fuente del ruido vibrante y continuo, y el motivo por el que temblaba nuestro refugio ruinoso eran sus sacudidas rítmicas. Silbaba y pitaba al avanzar. Por lo que pude ver, no la llevaba ningún marciano.

3
LOS DÍAS DE ENCIERRO

Tuvimos que apartarnos de nuestra mirilla y escondernos en la leñera cuando llegó una segunda máquina guerrera, ya que temíamos que desde su altura el marciano nos viera. Más adelante comenzamos a sentirnos menos expuestos a sus ojos, pues para quien mirara deslumbrado por la luz del sol nuestro refugio debía de estar totalmente a oscuras, pero al principio ante la más leve indicación de acercamiento nos escabullíamos a la leñera con el corazón latiendo a toda velocidad. Pese al peligro que podía suponer, la atracción de la rendija resultaba irresistible para ambos. Ahora recuerdo con cierta estupefacción que, a pesar del incalculable peligro de morir de hambre o de afrontar una muerte aún más espantosa, todavía nos peleábamos amargamente por el horrible privilegio de ver. Corríamos por la cocina de un modo grotesco que combinaba la ansiedad y el temor a hacer ruido, y nos pegábamos, y nos empujábamos y pataleábamos, a escasos centímetros de que nos vieran.

El hecho es que nuestros temperamentos y hábitos de pensamiento y acción eran completamente incompatibles, y el peligro y el aislamiento en que nos hallábamos solo acentuaban esa incompatibilidad. En Halliford había empezado a detestar la costumbre del cura de proclamar su indefensión, su estúpida rigidez mental. Su retahíla interminable de quejas menoscababa cualquiera de mis esfuerzos por trazar un plan de acción, y en ocasiones, cuando se acumulaban e intensificaban, estaba a punto de volverme totalmente loco. Carecía de toda compostura, como una mujer tonta. Se pasaba horas seguidas llorando, y en verdad creo que este niño mimado por la vida acabó pensando que sus débiles lágrimas habían resultado eficaces en algún sentido, mientras yo permanecía sentado en la oscuridad incapaz de dejar de pensar en él debido a sus importunidades. Comía más que yo, y en vano le señalaba que nuestra única oportunidad de sobrevivir se basaba en permanecer en la casa hasta que los marcianos hubieran terminado con el hoyo, que durante aquella larga espera paciente podría acabar presentándose el momento en que necesitáramos comida. Comía y bebía impulsiva y pesadamente a intervalos largos. Dormía poco.

A medida que fueron pasando los días, su despreocupación absoluta y su falta de respeto intensificaron tanto nuestros sufrimientos y peligros que, por mucho que lo detestara, tuve que recurrir a amenazas, y por último a los golpes. Eso lo hizo entrar en razón durante un tiempo. Sin embargo, era una de esas criaturas débiles, una de esas almas carentes de orgullo, timoratas, anémicas, odiosas, movida por sospechosas maquinaciones, que no se enfrentan ni a Dios ni al hombre, que no se enfrentan siquiera a sí mismas.

Me resulta desagradable recordar y escribir estas cosas, pero las relato para que a mi historia no le falte nada. A los que han escapado de los aspectos más oscuros y terribles de la vida no les costará criticar mi brutalidad, mi estallido de rabia en nuestra tragedia final, porque saben lo que está mal tan bien como cualquiera, pero no lo que les acontece a los hombres torturados, pero los que hayan sufrido, los que se hayan visto reducidos a lo más elemental se mostrarán más compasivos.

Y mientras dentro tenía lugar una batalla a oscuras y entre susurros, entre quien se aferraba a la comida y la bebida y quien le propinaba golpes, fuera, bajo la luz inmisericorde de aquel junio terrible, se hallaba la extraña maravilla, la nueva rutina de los marcianos en el hoyo. Déjenme que vuelva a esas primeras experiencias que tuve. Al cabo de mucho tiempo volví a aventurarme a la mirilla, y descubrí que los recién llegados habían recibido los refuerzos de los ocupantes de nada menos que tres máquinas guerreras. Estas últimas habían traído consigo unos aparatos nuevos, que se hallaban ordenados en torno al cilindro. Ya habían completado la segunda máquina instrumental, que estaba ocupada equipando a uno de los nuevos artefactos. Tenía un cuerpo parecido a una lata de leche, sobre el que oscilaba un receptáculo en forma de pera, y del que fluía un polvo blanco formando una cuenca circular por debajo.

Un tentáculo de la máquina instrumental le transmitía a esta cuenca el movimiento oscilante. Y con dos manos que parecían espátulas, la máquina instrumental extraía grandes cantidades de arcilla que arrojaba en el receptáculo superior en forma de pera, mientras con otro brazo abría periódicamente una puerta y sacaba restos oxidados y ennegrecidos de la parte de en medio de la máquina. Otro tentáculo acerado dirigía el polvo de la cuenca por un canal estriado hasta un recipiente que no veía debido a un montón de polvo azulado. De este recipiente brotaba una fina columna de humo verde hacia el aire silencioso. Mientras miraba, la máquina instrumental extendió con un débil tintineo un tentáculo telescópico que un instante antes no era más que una protuberancia roma, hasta que la punta del tentáculo quedó oculta tras el montón de arcilla. Un segundo más tarde levantó una barra de aluminio blanco, aún inmaculada y deslumbrante, y la depositó sobre una pila creciente de barras que se hallaba a un lado del hoyo. Entre el atardecer y la luz de las estrellas, esta habilidosa máquina debió de hacer más de un centenar de barras como esa a partir de la arcilla en bruto, y el montón de polvo azulado continuó creciendo sin parar hasta sobresalir del hoyo.

El contraste entre los movimientos rápidos y complejos de estos aparatos y la torpeza inerte y jadeante de sus amos era exagerado, y durante días tuve que repetirme que, de todos ellos, los seres vivos eran realmente estos últimos.

El cura estaba en posesión de la mirilla cuando trajeron a los primeros hombres al hoyo. Yo estaba sentado debajo, acurrucado, escuchando atentamente. Hizo un movimiento repentino hacia atrás, y yo, temiendo que nos observaran, me agaché aterrorizado. Él se deslizó por los escombros hasta donde me hallaba a oscuras, sin poder articular palabra, gesticulando, y por un instante compartí su pánico. Sus gestos indicaban que abandonaba la mirilla, y al cabo de un rato la curiosidad me dio coraje y me levanté, pasé por encima de él y me encaramé hasta la mirilla. Al principio no entendía el motivo de su comportamiento frenético. El crepúsculo ya había llegado, las estrellas eran pequeñas y débiles, pero el hoyo estaba iluminado por el fuego verde parpadeante derivado de la fabricación de aluminio. La imagen estaba dominada por brillos verdes y sombras cambiantes de un negro oxidado, extrañamente agotadoras para la vista. Los murciélagos pasaban por encima de todo sin prestarle ninguna atención. Los marcianos extendidos ya no se veían, el montón de polvo verde y azul había llegado a cubrirlos, y en la esquina opuesta del hoyo había una máquina guerrera con las patas contraídas, arrugada y encogida. Entonces, entre el estruendo de la maquinaria, se oyó algo que parecían voces humanas acercándose, aunque al principio lo descarté.

Me agaché, mirando atentamente esta máquina guerrera, satisfecho al confirmarse por vez primera que la capucha albergaba un marciano. Al alzarse las llamas verdes vi el brillo aceitoso de su tegumento y el resplandor de su mirada. De repente oí un grito, y vi un largo tentáculo que se extendía por encima del hombro de la máquina hasta llegar a la jaulita que llevaba sobre la espalda. En aquel instante algo, algo que peleaba violentamente, se elevó contra el cielo, formando un enigma negro e indefinido recortado contra la luz de las estrellas, y cuando este objeto negro volvió a bajar, vi en el resplandor verde que se trataba de un hombre. Resultó bien visible durante un segundo. Era un hombre de mediana edad robusto y rubicundo, bien vestido; tres días atrás debía de estar paseándose por el mundo, debía de ser alguien. Veía su mirada fija y los destellos de luz en sus gemelos y en la cadena de su reloj. Desapareció tras el montón de arcilla y entonces se hizo el silencio durante un momento. Luego empezaron los gritos y chillidos continuos y alegres de los marcianos.

Me bajé de los escombros, me puse en pie con gran esfuerzo, tapándome los oídos con las manos, y corrí hasta la leñera. El cura, que había permanecido agachado en silencio con los brazos sobre la cabeza, levantó la vista

cuando pasé, gritó bastante alto al ver que lo abandonaba y vino corriendo tras de mí.

Aunque sentía una necesidad apremiante de actuar, aquella noche, mientras permanecíamos ocultos en la leñera, divididos entre el horror y la fascinación terrible que ejercía en nosotros la mirilla, traté en vano de concebir un plan de huida, pero después, durante el segundo día, conseguí entender nuestra situación con mayor claridad. Me di cuenta de que no podía comentarlo con el cura, pues aquella nueva atrocidad lo acabó de despojar de todo rastro de razonamiento o previsión. Se había visto sumido prácticamente al nivel de un animal. Aun así, como dice el dicho, hice de tripas corazón. En cuanto logré asumir lo que estaba sucediendo me percaté de que, por terrible que fuera nuestra situación, la desesperación absoluta todavía no estaba justificada. Nuestra principal oportunidad radicaba en la posibilidad de que los marcianos usaran el hoyo como campamento temporal. O incluso si seguían en él de forma permanente, puede que no consideraran necesario vigilarlo, y puede que se nos presentara la ocasión de escapar. También medité a fondo la opción de salir cavando en la dirección opuesta al hoyo, pero pensé que era demasiado probable que al salir nos viera alguna máquina guerrera que estuviera montando guardia. Y tendría que cavar yo solo. Estaba seguro de que el cura me fallaría.

Fue el tercer día, si la memoria no me falla, cuando vi al hombre muerto. Esa fue la única ocasión en la que vi realmente alimentarse a los marcianos. Tras aquella experiencia evité el agujero de la pared durante la mayor parte del día. Me metí en la leñera, quité la puerta y pasé varias horas cavando con mi hacha tan silenciosamente como pude, pero cuando había conseguido hacer un agujero de más de medio metro de profundidad la tierra suelta se derrumbó con estrépito y no me atreví a continuar. Me invadió el desánimo y pasé largo rato en el suelo de la leñera, sin ganas siquiera de moverme. Tras aquella experiencia descarté totalmente la idea de escapar excavando.

Dice mucho de cuánto me impresionaron los marcianos que al principio apenas me planteara la posibilidad de que pudiéramos escapar porque los derrocara alguna clase de esfuerzo humano. Pero la cuarta o quinta noche oí el ruido de cañones pesados.

Era bien entrada la noche y la luna brillaba intensamente. Los marcianos se habían llevado la máquina excavadora, y salvo una máquina guerrera que había en el lado más lejano del hoyo y una máquina instrumental que se afanaba en una esquina justo debajo de la mirilla, donde no podía verla, el lugar estaba desierto. A excepción del brillo pálido de la máquina instrumental y las barras y las manchas de luz de luna blanca, el hoyo estaba a oscuras y, de no ser por el tintineo de esa misma máquina, habría estado en silencio. La noche era serena y hermosa; la luna parecía tener todo el cielo para ella, pues solo se veía un planeta. Oí aullar a un perro, y ese ruido familiar fue lo que me hizo prestar atención. Entonces distinguí con bastante claridad un bombardeo, como el que producen los grandes cañones. Conté seis detonaciones distintas, y tras un largo intervalo, seis más. Y eso fue todo.

4
LA MUERTE DEL CURA

Fue en el sexto día de nuestro encierro cuando me asomé a mirar por última vez, y vi que estaba solo. En vez de permanecer cerca de mí e intentar quitarme el sitio, el cura había vuelto a la leñera. De repente me sobrevino una idea y volví rápidamente, sin hacer ruido. Oía al cura beber en la oscuridad. Palpé a oscuras, y mis dedos agarraron una botella de borgoña.

Forcejeamos durante varios minutos. La botella cayó al suelo y se rompió, y yo desistí y me puse en pie. Nos quedamos jadeando, amenazándonos mutuamente. Acabé plantándome entre la comida y él, y le advertí que estaba decidido a establecer una disciplina. Dividí la comida de la despensa en raciones para que nos duraran diez días, y aquel día no le dejé comer nada más. Por la tarde hizo un débil intento de acercarse a la comida. Yo estaba dormitando, pero me desperté enseguida. Nos pasamos el día y la noche sentados cara a cara, yo, agotado pero decidido, y él lloriqueando y quejándose de su hambre acuciante. Fueron, ya lo sé, una noche y un día, pero me pareció —me parece ahora— un tiempo interminable.

Y así nuestra incompatibilidad cada vez más acentuada culminó en un conflicto abierto. Pasamos dos larguísimos días enzarzados en amenazas veladas y peleas físicas. Había momentos en que le golpeaba y pateaba violentamente, momentos en que lo engatusaba y convencía, y en una ocasión intenté sobornarlo con la última botella de borgoña, porque había una bomba de agua de la lluvia de la que podía conseguir agua. Pero ni la fuerza ni la amabilidad servían; lo cierto es que ya no atendía a razones. Ni dejaba de atacar para conseguir comida ni de balbucear ruidosamente para sí. No observaba las precauciones básicas para que nuestro encierro resultara soportable. Empecé a percatarme de que había renunciado a su inteligencia, a percibir que mi única compañía en aquella terrible y estrecha oscuridad era un hombre demente.

Ciertos recuerdos vagos hacen que me incline a pensar que en ocasiones mi mente también divagaba. Tenía sueños extraños y espantosos cuando me dormía. Por muy paradójico que parezca, creo que la debilidad y la locura del cura me servían de advertencia, me animaban y me mantenían cuerdo.

El octavo día el hombre empezó a hablar en voz alta en vez de susurrar, y yo no conseguía hacer nada para que moderara su discurso.

—¡Es justo, ay, Dios mío! —exclamaba una y otra vez—. ¡Es justo! Que en mí recaiga y mía sea la culpa. Hemos pecado, nos hemos quedado cortos. Había pobreza, dolor; pisoteaban a los pobres en el polvo, y yo guardaba silencio. Predicaba locuras aceptables (¡Dios mío, qué locuras!) cuando tendría que haberme encarado, aunque tuviera que morir por ello, y pedirles que se arrepintieran, ¡que se arrepintieran! ¡Opresores de los pobres y los necesitados! ¡El lagar de Dios!

Y entonces volvió de repente al asunto de la comida que yo le escatimaba, rezando, suplicando, sollozando y, finalmente, amenazándome. Empezó a alzar la voz, y yo le pedí que no lo hiciera. Se dio cuenta de que tenía poder sobre mí, y amenazó con gritar y hacer que nos atacaran los marcianos. Durante un rato me asustó, pero cualquier concesión habría hecho disminuir hasta lo inconcebible nuestras posibilidades de escapar. Lo desafié, aunque no estaba seguro de que no fuera a cumplir sus amenazas. Aquel día, en cualquier caso, no lo hizo. Se pasó la mayor parte del octavo y el noveno día hablando, alzando lentamente la voz, profiriendo amenazas y súplicas mezcladas con un torrente de arrepentimiento a ratos cabal, pero siempre vano porque su servicio a Dios había resultado una farsa vacía, hasta tal punto que llegué a sentir lástima por él. Luego se durmió durante un rato, y después empezó otra vez con energías renovadas, con tanta estridencia que tuve que hacerle desistir.

—¡Cállese! —le imploré.

Se puso de rodillas, ya que estaba sentado a oscuras cerca de la batería de cocina.

—Llevo demasiado tiempo callado —replicó, tan alto que debieron de oírlo en el hoyo—, y ahora debo dar testimonio. ¡Ay de esta ciudad infiel! ¡Ay de ella, ay de ella! ¡Ay, ay, ay de los que moran en la Tierra por los otros toques de la trompeta...!

—¡Cállese! —repetí poniéndome en pie, aterrorizado por si los marcianos nos oían—. Por amor de Dios...

—¡No! —gritó el cura, con toda la fuerza de sus pulmones, levantándose también y abriendo los brazos—. ¡Hablaré! ¡La palabra del señor está en mí! —en tres zancadas alcanzó la puerta que llevaba a la cocina—. ¡Debo dar testimonio! ¡Me marcho! ¡Ya se ha retrasado demasiado!

Extendí la mano y palpé la cuchilla de carnicero que colgaba de la pared. Al cabo de un instante salí tras él, furioso de miedo. Lo alcancé antes de que hubiera atravesado media cocina. Un último rasgo de humanidad me hizo darle la vuelta a la cuchilla y golpearle con el mango. Cayó de bruces y quedó tendido en el suelo. Yo me tropecé con él y me quedé en pie, jadeando. Él yacía sin moverse.

De repente oí un ruido fuera, de un trozo de yeso que se deslizaba y se hacía pedazos, y la abertura triangular de la pared quedó a oscuras. Levanté la vista y por el agujero vi la superficie inferior de una máquina instrumental que se acercaba lentamente. Una de sus extremidades se enroscó entre los escombros, y apareció otra, palpando por encima de las vigas caídas. Me quedé petrificado, mirando fijamente. Entonces vi tras una especie de placa de cristal cerca del borde del cuerpo la cara, si puede llamarse así, y los ojos grandes y oscuros de un marciano, mirando, y luego un largo tentáculo metálico que, cual serpiente, cruzaba, palpando despacio, el agujero.

Me volví con esfuerzo, tropecé con el cura y me detuve en la puerta de la leñera. El tentáculo ya había recorrido parte del interior, casi dos metros,

y giraba y se retorcía de un lado a otro con unos extraños movimientos bruscos. Me quedé un rato fascinado por aquel avance lento e irregular. Luego solté un grito débil y ronco y me abrí paso hasta la leñera. Temblaba violentamente, apenas podía mantenerme en pie. Abrí la puerta de la carbonera y me metí en la oscuridad mirando hacia la puerta apenas iluminada que daba a la cocina, escuchando. ¿Me había visto el marciano? ¿Qué estaba haciendo ahora?

Algo se movía ahí dentro, casi sin hacer ruido; de vez en cuando se golpeaba contra la pared, o empezaba a moverse con un suave tintineo metálico, como el de las llaves en un llavero. Entonces arrastró un cuerpo pesado —sabía muy bien qué era— por el suelo de la cocina hacia la abertura. Movido por una atracción irresistible, me deslicé hasta la puerta y miré hacia la cocina. En el triángulo de brillante luz solar vi al marciano, aupado en el Briareo de su máquina instrumental, examinando la cabeza del cura.

De repente pensé que inferiría mi presencia de la marca del golpe que le había asestado, por lo que me deslicé otra vez hasta la carbonera, cerré la puerta, y empecé a taparme cuanto pude, tan silenciosamente como pude, con la madera y el carbón que había dentro. Paraba de vez en cuando para escuchar, rígido, si el marciano había vuelto a meter su tentáculo a través de la abertura.

Entonces volví a oír el tenue tintineo. Me lo imaginé palpando lentamente la cocina. Oí que estaba más cerca, en la leñera, según me pareció. Pensé que a la distancia en que se hallaba no podía alcanzarme. Recé muchísimo. Pasó rozando levemente la puerta. Hubo un intervalo de suspense casi intolerable, y entonces oí que buscaba el pestillo. ¡Había encontrado la puerta! ¡Los marcianos entendían las puertas!

Estuvo enfrascado con el pestillo durante un minuto, quizá, y entonces se abrió la puerta.

En la oscuridad solo veía a aquella cosa —que se parecía más que nada a la trompa de un elefante— que se agitaba en dirección a mí y palpaba y examinaba la pared, los carbones, la madera, el techo. Era como un gusano negro que retorcía la cabeza ciega de un lado a otro.

Una vez, incluso, llegó a tocar el talón de mi bota. Estaba a punto de gritar, y me mordí la mano. El tentáculo se mantuvo silencioso durante un instante. Podría haber deducido que se había retirado. Entonces, con un chasquido brusco, agarró algo —¡pensé que a mí!— y pareció salir otra vez de la carbonera. Durante un minuto no lo supe. Al parecer había agarrado un trozo de carbón para examinarlo.

Aproveché la oportunidad para cambiar un poco de postura, pues me había quedado agarrotado, y escuché atentamente. Susurré rezos fervientes en los que rogaba salvarme.

En aquel momento oí un ruido lento y pausado que se arrastraba otra vez hacia mí. Iba acercándose despacio, muy despacio, rozando las paredes y golpeándose contra los muebles.

Yo aún dudaba cuando golpeó con fuerza la puerta de la carbonera y la cerró. Oí que entraba en la despensa, y las latas de galletas repiquetearon y se rompió una botella, y de pronto oí un golpe fuerte contra la puerta de la carbonera. Luego, silencio, un suspense infinito.

¿Se había marchado? Acabé decidiendo que sí.

Ya no volvió a entrar en la leñera, pero me pasé el décimo día allí, en la oscuridad angosta, sepultado entre carbón y madera, sin atreverme siquiera a salir arrastrándome en busca de la bebida que ansiaba. Hasta el undécimo día no me atreví a salir de la seguridad de mi escondite.

5
LA QUIETUD

Lo primero que hice antes de entrar en la despensa fue cerrar la puerta entre la cocina y la leñera. Pero la despensa estaba vacía: no quedaba ni rastro de comida. Al parecer, el marciano se lo había llevado todo el día antes. Ante este descubrimiento, me desesperé por primera vez. No comí ni bebí nada el undécimo o duodécimo día.

Al principio tenía la boca y la garganta resecas, y mis fuerzas disminuyeron notablemente. Me senté en la oscuridad de la leñera sumido en un lamentable desánimo. Solo pensaba en comer. Pensé que me había quedado sordo, pues el movimiento que me había acostumbrado a oír procedente del hoyo había cesado por completo. No me sentía lo bastante fuerte para arrastrarme sin hacer ruido hasta la mirilla, de lo contrario habría ido hasta allí.

El duodécimo día me dolía tanto la garganta que, arriesgándome a alertar a los marcianos, me abalancé sobre el surtidor de agua de lluvia chirriante que había junto al fregadero, y conseguí beberme el equivalente a dos vasos de agua ennegrecida y contaminada. Me alivió mucho, y me envalentonó el hecho de que no se acercara ningún tenáculo inquisitivo tras el ruido del bombeo.

Durante aquellos días me sumí en divagaciones y pensamientos inconclusos sobre el cura y sobre cómo había muerto.

El decimotercer día bebí un poco más de agua y dormité y pensé de forma incoherente en comer y en planes vagos e imposibles de huida. Cada vez que me quedaba dormido soñaba con fantasmas horribles, con la muerte del cura o con cenas espléndidas; pero, tanto dormido como despierto, sentía un dolor agudo que me instaba a beber una y otra vez. La luz que penetraba en la leñera ya no era gris, sino roja. A mi imaginación desordenada le parecía el color de la sangre.

El decimocuarto día entré en la cocina, y me sorprendió descubrir que la fronda de la hierba roja había crecido y tapado el agujero de la pared, por lo que la penumbra del lugar se había teñido de oscuridad carmesí.

A comienzos del decimoquinto día oí una curiosa secuencia de ruidos en la cocina que me resultó familiar, y al escuchar con atención comprendí que era un perro que olfateaba y rascaba. Cuando entré en la cocina vi el hocico de un perro asomando a través de una grieta entre las frondas rojizas, lo que me sorprendió mucho. Nada más olerme ladró brevemente.

Pensé que si lograba convencerlo de que entrara en silencio quizá conseguiría matarlo para comérmelo; en cualquier caso, sería recomendable matarlo para que sus acciones no atrajeran la atención de los marcianos.

Me deslicé hacia delante, susurrando «Perro bonito», hasta que de repente retiró la cabeza y desapareció.

Me puse a escuchar —verdaderamente no estaba sordo—, pero lo cierto es que el hoyo estaba en completo silencio. Oí un ruido parecido al revoloteo de las alas de un pájaro, y un graznido ronco, aunque eso fue todo.

Pasé un buen rato echado cerca de la mirilla, sin atreverme a apartar las plantas rojas que obstaculizaban la vista. Oí una o dos veces un débil repiqueteo, como las pisadas de un perro yendo de acá para allá en la arena, que quedaba muy por debajo de mí, y más ruidos de pájaros, pero eso fue todo hasta que, animado por el silencio, me atreví a mirar hacia fuera.

A excepción de una esquina donde una multitud de cuervos saltaba y se peleaba por los esqueletos de los muertos que los marcianos habían consumido, no había ningún ser vivo en el hoyo.

Miré a mi alrededor, sin poder creer lo que veía. Toda la maquinaria había desaparecido. Salvo por el montón de polvo azul grisáceo en una esquina y algunas barras de aluminio en la otra, los pájaros negros y los esqueletos, el lugar no era más que un hoyo circular en la arena, vacío.

Lentamente me abrí paso entre la hierba roja y me encaramé a la montaña de escombros. Veía en todas direcciones salvo detrás de mí, hacia el norte, y no descubrí ni rastro de los marcianos. El hoyo descendía en vertical desde donde me hallaba, pero continuando por los escombros había una cuesta practicable hasta lo más elevado de las ruinas. La oportunidad de escapar se había presentado, y me eché a temblar.

Dudé durante un rato, y entonces, en un arranque de determinación desesperada, y con el corazón palpitando violentamente, subí como pude hasta lo alto del montón de escombros en el que tanto tiempo llevaba sepultado.

Volví a mirar alrededor. Hacia el norte tampoco se veía ningún marciano.

La última vez que la había visto a plena luz del día, en aquella parte de Sheen había una calle atestada de cómodas casas blancas y rojas, con abundantes árboles intercalados que daban sombra. En cambio ahora me hallaba sobre un montón de ladrillos hechos añicos, arcilla y grava, sobre los que se extendía una espesura de plantas rojas en forma de cactus hasta la altura de la rodilla, sin que una sola planta terrestre les disputara el lugar. Los árboles próximos estaban marchitos y marrones, pero más adelante una red de tallos rojos trepaba por los troncos aún vivos.

Todas las casas vecinas habían quedado destrozadas, pero ninguna se había quemado; las paredes seguían en pie, en ocasiones hasta el segundo piso, había ventanas rotas y puertas destruidas. La hierba roja crecía tumultuosamente en las habitaciones sin tejado. Debajo de mí estaba el gran hoyo, donde los cuervos se peleaban por los desperdicios. Otros tantos pájaros saltaban entre las ruinas. Lejos de allí vi a un gato demacrado escabullirse por la pared, pero nada indicaba la presencia de ningún hombre.

En contraste con mi encierro reciente, el día parecía tremendamente luminoso: el cielo era de un azul brillante. Una brisa delicada hacía que la hierba roja que cubría cada palmo de terreno sin ocupar se balanceara con delicadeza. ¡Y, ay, qué dulce era ese aire!

6
LA OBRA DE QUINCE DÍAS

Pasé un rato tambaleándome entre los escombros pese a estar a salvo. Dentro de la guarida fétida de la que salí, me había concentrado en pensar solamente en nuestra seguridad inmediata. No me había enterado de lo que había sucedido en el mundo, ni me había imaginado esa visión sorprendente de cosas desconocidas. Esperaba ver Sheen en ruinas, pero me pareció que el paisaje que me rodeaba, extraño y chillón, pertenecía a otro planeta.

Por un instante sentí una emoción que no suelen sentir los hombres corrientes, pero que las pobres bestias a las que dominamos conocen demasiado bien. Me sentí como debe de sentirse un conejo que al volver a su madriguera se encuentra con una docena de peones ocupados excavando los cimientos de una casa. Sentí un primer atisbo de algo que acabó quedándome muy claro, y que me agobió durante días: una sensación de destronamiento, el convencimiento de que ya no era el amo, sino un animal entre animales, bajo el control de los marcianos. Nosotros seríamos como ellos: nos dedicaríamos a acechar y observar, a correr y ocultarnos; el terror y el imperio del hombre habían terminado.

Pero en cuanto asimilé esta extrañeza la idea se desvaneció, y lo que más me importaba era el hambre debida a mi largo y terrible ayuno. En la dirección opuesta al hoyo vi, detrás de un muro cubierto de rojo, un jardín que no estaba sepultado. Esto me dio una pista, y me metí hasta las rodillas, y a veces hasta el cuello, en la hierba roja. La densidad de la hierba me tranquilizaba, pues me sabía oculto. La pared medía casi dos metros, y cuando intenté trepar por ella descubrí que no podía. Así que continué rodeándola hasta llegar a una esquina y unas rocas que me permitían encaramarme y dejarme caer en el jardín que tanto anhelaba. Allí encontré varias cebolletas, un par de bulbos de gladiolo y unas cuantas zanahorias sin madurar. Lo cogí todo y, trepando por una pared en ruinas, continué mi camino entre árboles escarlata y carmesí hacia Kew —era como atravesar una avenida de gotas de sangre gigantes— obsesionado con dos ideas: conseguir más comida y salir, tan pronto y tan lejos como mis fuerzas me lo permitieran, de la región execrable y sobrenatural del hoyo.

Un poco más adelante encontré, en una pradera, unas cuantas setas, que también devoré, y luego una gran lámina de agua somera que fluía donde antes había prados. Este escaso alimento solo me sirvió para abrirme el apetito. Al principio me sorprendió la crecida en un día cálido y seco de verano, pero más adelante descubrí que la había provocado la exuberancia tropical de la hierba roja. En cuanto esta vegetación extraordinaria encontraba agua, se volvía gigantesca y su fecundidad, incomparable. Vertió sus semillas en el agua del Wey y el Támesis, y sus titánicas frondas acuáticas, que crecían rápidamente, no tardaron en invadir ambos ríos.

En Putney, como vi después, el puente casi había quedado cubierto por esta maraña de hierba, y en Richmond las aguas del Támesis también manaban formando una corriente amplia y poco profunda a través de los prados de Hampton y Twickenham. Al extenderse las aguas, la hierba las seguía, hasta que las casas en ruinas del valle del Támesis quedaron durante un tiempo anegadas en aquel pantano rojo, cuya orilla exploré, y gran parte de la desolación causada por los marcianos quedó oculta.

Al final la hierba roja sucumbió casi tan rápido como se había extendido. Una enfermedad ulcerosa, debida, se cree, a la acción de ciertas bacterias, acabó apoderándose de ellas. Hoy en día, gracias a la selección natural, todas las plantas terrestres han adquirido una poderosa resistencia contra las enfermedades bacterianas, nunca sucumben sin pelear, pero la hierba roja se pudrió como si ya estuviera marchita. Las frondas se decoloraron, y luego se marchitaron y quebraron. Se deshacían nada más rozarlas, y las aguas que habían estimulado su crecimiento al principio llevaron sus últimos restos hasta el mar.

Lo primero que hice al encontrarme con esta agua fue, por supuesto, saciar la sed. Bebí muchísimo, y, movido por un impulso, roí unas hojas de hierba roja; pero estaban acuosas, y tenían un sabor terrible, metálico. Vi que el agua era lo bastante baja para vadearla, aunque las hierbas rojas se me enredaban un poco en los pies. Sin embargo, la corriente se volvía más profunda al acercarme al río, por lo que volví a Mortlake. Conseguí seguir la carretera a través de las ruinas ocasionales de casas, vallas y farolas, hasta que salí del torrente y me dirigí hasta la colina por Roehampton y salí a Putney Common.

Allí el paisaje dejaba de ser extraño y desconocido para convertirse en los restos de lo conocido: algunas partes del terreno parecían devastadas por un ciclón, y al cabo de pocos metros me hallaba en espacios totalmente intactos, casas con las persianas perfectamente echadas y las puertas cerradas, como si sus dueños se hubieran ido a pasar el día fuera, o estuvieran durmiendo dentro. La hierba roja era menos abundante; los árboles altos del camino se habían librado de la trepadora roja. Busqué comida entre los árboles y no encontré nada, y también asalté un par de casas silenciosas, pero ya habían entrado a saquearlas. Me pasé el resto del día descansando en unos arbustos, pues estaba debilitado y demasiado cansado para continuar.

Durante todo ese tiempo no vi ningún ser humano, ni tampoco rastro de los marcianos. Me encontré a un par de perros famélicos, pero ambos huyeron dando grandes rodeos cuando intenté acercarme a ellos. Cerca de Roehampton había visto dos esqueletos humanos —no cuerpos, sino esqueletos, totalmente desollados— y en el bosque cercano me encontré los huesos aplastados y desperdigados de varios gatos y conejos, y el cráneo de una oveja. Aunque roí lo que pude de todos ellos, no había nada que sacarles.

Cuando se puso el sol continué por la carretera hacia Putney, donde creo que habían utilizado el rayo de calor por algún motivo. En un huerto pasado

Roehampton conseguí unas cuantas patatas todavía verdes, suficientes para acallar mi hambre. Desde ese huerto se veían, hacia abajo, Putney y el río. Con el anochecer el lugar adquiría un aspecto particularmente desolado: árboles ennegrecidos, ruinas abandonadas y también renegridas y, bajando por la colina, las láminas de agua del río inundado, teñidas de rojo por la hierba. Y por encima de todo, el silencio. Me sumí en un terror indescriptible cuando me di cuenta de lo rápido que se había producido ese cambio desolador.

Pasé un rato pensando que habían erradicado a la humanidad de la faz de la Tierra, y que yo estaba ahí solo y era el único que quedaba con vida. Muy cerca de la cima de Putney Hill me encontré otro esqueleto con los brazos dislocados a varios metros del resto del cuerpo. Mientras seguía adelante me fui convenciendo de que, a excepción de algunos rezagados como yo, se había logrado exterminar a la humanidad en aquella parte del mundo. Pensé que los marcianos se habían ido, dejando el campo arrasado, para buscar comida en otra parte. Puede que en aquel preciso instante estuvieran destruyendo Berlín o París, o tal vez se habían ido hacia el norte.

7

EL HOMBRE DE PUTNEY HILL

Aquella noche la pasé en la posada que hay en lo alto de Putney Hill, durmiendo en una cama hecha por primera vez desde que hui a Leatherhead. No hace falta relatar las dificultades que tuve que afrontar para entrar en aquella casa —más adelante descubrí que la puerta principal estaba cerrada con pestillo— ni cómo revolví todas las habitaciones en busca de comida, hasta que, al borde de la desesperación, en el que me pareció el dormitorio de la criada, encontré una corteza roída por las ratas y dos latas de piña. Ya habían registrado y vaciado el lugar. Luego en el bar descubrí unas galletas y unos sándwiches en los que no se habían fijado. Estos últimos no me los pude comer, pues estaban demasiado pasados, pero las galletas no solo me calmaron el hambre, sino que me sirvieron para llenarme los bolsillos. No encendí ninguna lámpara por miedo a que algún marciano estuviera batiendo aquella parte de Londres en busca de comida. Antes de irme a la cama me asaltó la inquietud, y fui rondando de ventana en ventana, buscando alguna señal de esos monstruos. Dormí poco. Al echarme en la cama me di cuenta de que por fin pensaba consecutivamente, algo que no había hecho desde mi última pelea con el cura. Durante todo el tiempo transcurrido mi estado mental se había caracterizado por una sucesión acelerada de emociones indefinidas o una especie de receptividad estúpida, pero aquella noche mi cerebro, supongo que reforzado por la comida que había ingerido, volvía a despejarse y a pensar.

Tres cosas forcejeaban por apoderarse de mi pensamiento: la muerte del cura, el paradero de los marcianos y el posible destino de mi esposa. No recuerdo que lo primero me produjera una sensación de espanto o remordimiento: sencillamente lo veía como una cosa terminada, un recuerdo infinitamente desagradable pero que no llegaba a remordimiento. Entonces me veía como me veo ahora: empujado paso a paso hacia aquel golpe precipitado, como resultado de una secuencia de accidentes que de manera inevitable habían conducido hasta él. No me sentía culpable, pero el recuerdo estático e inmóvil me acechaba. En el silencio de la noche, al sentir la cercanía de Dios que a veces penetra en la quietud y la oscuridad, fui juzgado, una sola vez, por aquel instante de ira y miedo. Reconstruí cada momento de nuestras conversaciones desde el instante en que lo encontré agazapado a mi lado, haciendo caso omiso de mi sed, y señalando el fuego y el humo que ascendían de las ruinas de Weybridge. No conseguimos cooperar, el funesto azar no se preocupó de ello. Si lo hubiera previsto, lo habría abandonado en Halliford, pero no lo vi venir, y el crimen se basa en prever y, aun así, actuar. Escribo lo ocurrido como he escrito todo lo demás, tal como sucedió. No hubo testigos de todas estas cosas que podría haber ocultado, pero las escribo, y el lector debe formarse la opinión que considere.

Cuando, con esfuerzo, conseguí dejar de pensar en la imagen de aquel cuerpo postrado, abordé el problema de los marcianos y el destino de mi esposa. No poseía datos de los primeros, podía imaginarme un centenar de cosas, lo que, por desgracia, también podía hacer respecto al último aspecto. Y así, de repente, aquella noche se volvió terrible. Me incorporé en la cama mirando a la oscuridad, rezando para que, de haberla atacado, el rayo de calor hubiera resultado repentino e indoloro. No había rezado desde la noche que volví de Leatherhead. Había murmurado rezos y oraciones fetichistas, había rezado como un pagano masculla hechizos cuando me hallaba realmente necesitado. En cambio, ahora rezaba de verdad, rezaba tenaz y sensatamente, cara a cara con la oscuridad de Dios. ¡Extraña noche!

La más extraña, pues en cuanto llegó el amanecer, yo, que había estado hablando con Dios, salí deslizándome de la casa como una rata de su escondrijo, como una criatura no mucho mayor, un animal inferior, una cosa a la que dar caza y matar por cualquier capricho pasajero de nuestros señores. Quizá ellos también rezaban, convencidos, a Dios. Si algo nos había enseñado esta guerra era a tener piedad, piedad de aquellas almas estúpidas que sufren nuestro dominio.

La mañana era luminosa y agradable, y hacia el este el cielo brillaba, rosado, y lo agitaban unas nubecitas doradas. En la carretera que va de lo alto de Putney Hill a Wimbledon observé varios vestigios tristes del torrente de pánico que debía de haber salido hacia Londres la noche del domingo, tras el comienzo de las hostilidades. Había un pequeño carro de dos ruedas que llevaba grabado el nombre de Thomas Lobb, verdulero, de New Malden, con una rueda destrozada y un baúl de hojalata abandonado; un sombrero de paja pisoteado en el barro ya endurecido; y en la cumbre de West Hill, un montón de cristal manchado de sangre en torno al abrevadero volcado. Me movía con languidez, y mis planes eran de lo más vagos. Tenía la idea de dirigirme a Leatherhead, aunque sabía que las probabilidades de encontrar a mi esposa eran ínfimas. A no ser que la muerte les hubiera sobrevenido de manera repentina, mis primos y ella habrían huido, sin duda, pero me parecía que era allí donde podía averiguar adónde había escapado la gente de Surrey. Sabía que quería encontrar a mi esposa, que mi corazón sufría por ella y por el mundo de los hombres, pero no sabía cómo emprender la búsqueda. En ese momento también era muy consciente de la intensidad de mi soledad. Desde la esquina me dirigí, protegido por una espesura de árboles y arbustos, hasta el límite de Wimbledon Common, que se extendía por allí.

El terreno oscuro se veía iluminado a trozos por la aulaga y la retama amarillas; no se veían hierbas rojas, y mientras avanzaba, dudando, hasta el campo abierto, se alzó el sol y lo llenó todo de luz y vitalidad. En un rincón pantanoso entre los árboles me encontré con un atareado grupo de ranitas. Me detuve a mirarlas, y su firme determinación de vivir me resultó muy alentadora. Entonces, al volverme súbitamente, pues tenía la extraña sensación de que me observaban, vi algo agachado entre un grupo de arbustos. Me quedé mirándolo, di un paso adelante y un hombre armado con un alfanje se levantó. Me acerqué despacio. Él se quedó callado e inmóvil, escudriñándome.

Al acercarme me di cuenta de que iba vestido con ropa polvorienta y sucia como la mía; parecía, en efecto, como si lo hubieran arrastrado por una alcantarilla. Al acercarme más, distinguí el cieno verde de las zanjas mezclado con el tono pálido y apagado de la arcilla seca y unas manchas brillantes como de carbón. El pelo negro le caía por encima de los ojos, y tenía el rostro oscuro, sucio y hundido, de manera que al principio no lo reconocí. Un corte rojo le atravesaba la parte inferior de la cara.

—¡Pare! —gritó cuando estaba a menos de diez metros de él, y me detuve. Su voz era áspera—. ¿De dónde viene?

Lo pensé, mientras lo miraba.

—Vengo de Mortlake —contesté—. Me quedé sepultado cerca del hoyo que habían hecho los marcianos alrededor de su cilindro. He salido como he podido y he escapado.

—Por aquí no hay comida —señaló—. Este campo es mío: toda esta colina hacia el río, y volviendo hasta Clapham, y hasta el límite del terreno. Solo hay comida para uno. ¿En qué dirección va?

—No lo sé —contesté—. He pasado trece o catorce días sepultado en las ruinas de una casa. No sé qué ha ocurrido.

Él me miró receloso, hasta que se sobresaltó y le cambió la expresión de la cara.

—No deseo quedarme aquí —señalé—. Creo que iré a Leatherhead, porque mi esposa estaba allí.

Él extendió un dedo para señalar.

—Es usted... el hombre de Woking. ¿Y no le mataron en Weybridge?

Lo reconocí en ese mismo instante.

—Usted es el artillero que entró en mi jardín...

—¡Qué suerte! —exclamó—. ¡Qué afortunados somos! ¡Quién lo iba a decir! —extendió una mano y se la cogí—. Me arrastré por una alcantarilla —explicó—. Pero no los mataron a todos. Y cuando se marcharon me fui hacia Walton cruzando los campos. Pero, no han pasado ni dieciséis días, y tiene el pelo gris. —De repente miró atrás por encima del hombro—. No es más que un grajo. Hoy en día uno sabe que los pájaros tienen sombra. Esto está un poco descubierto. Metámonos bajo esos arbustos a hablar.

—¿Ha visto algún marciano? —pregunté—. Desde que salí...

—Han atravesado Londres —señaló—. Creo que allí tienen un campamento más grande. De noche, por toda esa zona, en dirección a Hampstead, el cielo se llena con sus luces. Es como una gran ciudad, y se los ve moverse en el resplandor. De día no se ven. Por aquí más cerca hace —y contó con los dedos— cinco días que no los veo. Luego vi a una pareja cruzando Hammersmith cargados con algo grande. Y anteayer por la noche —se detuvo y continuó en un tono más grave—, no eran más que unas luces, pero algo subía por el cielo. Creo que han construido una máquina voladora y están aprendiendo a volar.

Me detuve, a cuatro patas, pues habíamos llegado a los arbustos.

—¿A volar?

—Sí, a volar —repitió.

Continué hasta una enramada y me senté.

—La humanidad está acabada —comenté—. Si logran hacerlo se dedicarán a recorrer el mundo sin más.

El artillero asintió.

—Lo harán. Pero... así las cosas se aliviarán un poco aquí. Y además... —Me miró—. ¿No le satisface que la humanidad esté acabada? A mí sí. Nos han derribado, nos han derrotado.

Le miré fijamente. Por extraño que parezca, no me había percatado de este hecho, de un hecho perfectamente obvio en cuanto lo verbalizó. Yo aún mantenía una esperanza remota, o, más bien, conservaba ese hábito mental tan arraigado. El hombre repetía las palabras «nos han derrotado» con absoluta convicción.

—Todo ha terminado —continuó—. Han perdido un trípode, uno solo. Y se han asentado y han paralizado al mayor poder del mundo. Nos han invadido. La muerte de aquel marciano en Weybridge fue accidental. Y estos son solo los pioneros. Siguen viniendo. Esas estrellas verdes, hace cinco o seis días que no las veo, pero no tengo la más mínima duda de que siguen cayendo en alguna parte cada noche... No hay nada que hacer. ¡Nos han sometido! ¡Nos han derrotado!

No le respondí. Me quedé mirándolo, intentando en vano dar con algún pensamiento que contraponer a sus argumentos.

—Esto no es una guerra —afirmó el artillero—. Nunca ha sido una guerra, como no hay guerra posible entre hombres y hormigas.

De repente recordé la noche que pasé en el observatorio.

—Tras el décimo disparo ya no dispararon más, al menos hasta que llegó el primer cilindro.

—¿Y cómo lo sabe? —preguntó el artillero. Se lo expliqué. Pensó un poco—. Ese cañón no iba bien. Pero ¿y qué si es así? Ya lo arreglarán. Y aunque hubiera un retraso, ¿se podría alterar el final? No somos más que hombres y hormigas. Las hormigas construyen sus ciudades, viven sus vidas, tienen guerras y revoluciones, hasta que los hombres quieren que desaparezcan, y entonces desaparecen. Eso es lo que somos ahora, simples hormigas. Solo que...

—Solo que...

—Que somos hormigas comestibles.

Permanecimos sentados mirándonos mutuamente.

—¿Y qué harán con nosotros? —pregunté.

—Eso es lo que he estado pensando, eso es lo que he estado pensando. Desde Weybridge me fui hacia el sur, pensando. Veía lo que ocurría. La mayoría de la gente apenas lo hacía, de tanto lamentarse y alterarse. Pero no me gusta quejarme. He estado una o dos veces en el punto de mira de la muerte, no soy un soldado de adorno, y poniéndonos en lo mejor y en lo peor, la muerte no es más que la muerte. Y el hombre que sigue pensando es el que sale adelante. Vi que todo el mundo se dirigía al sur, y me dije: «así no durará la comida», y retrocedí. Me fui hacia los marcianos como un gorrión va hacia el hombre. Por todas partes —agitó una mano hacia el horizonte— se mueren de hambre a puñados, y engullen mientras se pisotean los a los otros. —Vio la expresión de mi cara y se detuvo torpemente—. Sin duda muchos de los que tienen dinero se han marchado a Francia. —Parecía querer disculparse, pero vaciló, me miró a los ojos y continuó—. Por aquí hay comida. Cosas enlatadas en tiendas, vinos, licores, agua mineral; las cañerías y los desagües están vacíos. Bueno, pero le estaba contando lo que pienso yo. Son seres inteligentes, y parece que nos quieren como comida. Primero nos aplastarán: los barcos, las máquinas, los cañones, las ciudades, todo el orden y la organización. Todo eso desaparecerá. Si fuéramos del tamaño de las hormigas quizá saldríamos adelante. Pero no lo somos. Lo ocurrido es demasiado gordo para detenerlo. Es lo primero que podemos afirmar, ¿verdad? —Yo asentí—. Lo es. Ya lo he pensado. Pues muy bien... lo siguiente... ahora mismo nos atrapan cuando quieren. Un marciano solo tiene que recorrer unos pocos kilómetros para atrapar a una multitud en plena huida. Y vi a uno, un día, en las afueras de Wandsworth, haciendo pedazos las casas y buscando entre los restos. Pero no seguirán haciendo eso. En cuanto hayan acabado con todos nuestros cañones y barcos, y destrozado las vías del tren, y hecho todas las cosas que hacen por aquí, se pondrán a cazarnos sistemáticamente, se quedarán con los mejores y nos meterán en jaulas y cosas así. Eso es lo que empezarán a hacer dentro de poco, ¡Dios mío!, si es que aún no han empezado. ¿No lo ve?

—¡No han empezado! —exclamé.

—No han empezado. Lo que ha pasado hasta ahora es porque no hemos sabido mantenernos callados, porque los hemos molestado con cañones y demás payasadas. Y hemos perdido la cabeza, huyendo en masa a lugares no más seguros que los anteriores. Aún no quieren molestarnos. Están haciendo sus cosas, haciendo todas las cosas que no pudieron traerse, preparando las cosas para el resto de su gente. Es muy probable que por eso hayan parado un poco los cilindros, por miedo a darles a los que están aquí. Y en vez de correr a ciegas, gritando, o de conseguir dinamita con la esperanza de reventarlos, tenemos que adaptarnos a la nueva situación. Eso es lo que me parece. No se trata de lo que quiera el hombre para su especie, sino de la dirección que señalan los hechos. Y ese es el principio que he seguido. Ciudades, naciones, civilización, progreso..., todo eso ha terminado. Ese juego ha terminado. Nos han derrotado.

—Pero si es así, ¿para qué vamos a vivir?

El artillero me miró un instante.

—No habrá más dichosos conciertos durante un millón de años o así, no habrá ninguna Royal Academy of Arts, ni buenas comidas en los restaurantes. Si lo que busca es entretenimiento, me parece que el juego ha terminado. Si usted tiene unos modales exquisitos y le molesta comer guisantes con cuchillo o que no pronuncien las haches, más vale que se deshaga de ellos. Ya no le servirán de nada...

—Quiere decir...

—Quiero decir que los hombres como yo seguimos viviendo, porque la raza debe seguir. Se lo aseguro, estoy totalmente decidido a vivir. Y si no me equivoco, usted tampoco tardará en enseñar qué es lo que tiene dentro. No nos van a exterminar. Y no me refiero tampoco a que nos atrapen, domestiquen, engorden y críen como si fuéramos bueyes estúpidos. ¡Puaj! ¡Al diablo con esas trepadoras marrones!

—No se refiere a...

—Sí. Voy a ir... bajo sus pies. Ya lo tengo planeado, ya lo tengo pensado. A los hombres, nos han derrotado. No sabemos suficiente. Tenemos que aprender antes de poder enfrentarnos a ellos. Y tenemos que vivir y seguir siendo independientes mientras aprendemos. ¿Lo ve? Eso es lo que hay que hacer.

Yo lo miraba perplejo, y profundamente impactado por la determinación de aquel hombre.

—¡Santo cielo! ¡Menudo hombre está usted hecho! —Y de repente le agarré la mano.

—¿Qué? —me dijo, con los ojos brillantes—. Ya lo he pensado todo, ¿eh?

—¡Vaya! —le animé.

—Bueno, los que pretenden evitar que los atrapen deben prepararse. Yo me estoy preparando. Que lo sepa, no todos estamos hechos para convertirnos en bestias salvajes, y así debe ser. Por eso lo observaba. Tenía mis dudas. Está flaco. No sabía que era usted, ¿sabe?, ni cómo había quedado sepultado. Todos estos, la gente que vivía en estas casas y todos esos malditos oficinistas que vivían por allí, no sabrían qué hacer. No tienen espíritu, ni sueños ni deseos orgullosos, y un hombre que no tiene ni los unos ni los otros... ¡Dios mío!, ¿qué es sino miedo y preocupaciones? Se limitaban a salir disparados a trabajar, he visto centenares de ellos, corriendo como locos con un poco de desayuno en la mano para coger el trenecito, pagando el abono por miedo a que los despidieran si no lo hacían; trabajaban en negocios que no se tomaban la molestia de entender porque eso los asustaba, y se quedaban en casa después de cenar por miedo a los callejones; y dormían con las esposas con quienes se habían casado, no porque las desearan sino porque tenían un poco de dinero que los mantendría seguros en su único recorrido por el mundo. Vidas aseguradas y un poco invertido por miedo a los accidentes. Y los domingos... ¡miedo al más allá! ¡Como si el infierno fuera para conejos! Pues verán a los marcianos como enviados de Dios: jaulas amplias y espaciosas, comida que engorda, cría esmerada, ninguna preocupación. Tras una semana recorriendo los campos y las tierras con el estómago vacío, vendrán y se alegrarán de que los atrapen. No tardarán en estar encantados. Se preguntarán qué hacía la gente antes de que hubiera marcianos para encargarse de ellos. Y los que frecuenten bares, y los mujeriegos y cantantes... ya me los imagino —dijo el artillero, con una especie de satisfacción sombría—. El sentimentalismo y la religiosidad se apoderarán de ellos. Hay centenares de cosas que he visto con mis ojos pero que no he empezado a ver con claridad hasta estos últimos días. Muchos se tomarán las cosas como son, gordos y estúpidos, y a muchos les preocupará un sentimiento totalmente equivocado, y es que tendrían que estar haciendo algo. Cuando las cosas están de tal manera que muchas personas creen que deberían estar haciendo algo, los débiles, y los que se vuelven débiles por tener muchos pensamientos complicados, acaban arrastrados a una especie de religión del no hacer nada, muy devota y superior, y se someten a la persecución y a la voluntad del señor. Es muy probable que usted haya visto lo mismo. Es energía cargada de miedo, purificada desde dentro. Estas jaulas estarán repletas de salmos, himnos y devoción. Y los más simples se entregarán a una especie de... ¿cómo llamarlo?... erotismo. —Hizo una pausa—. Es probable que estos marcianos conviertan a unos cuantos en sus mascotas; les enseñen a hacer cosas... ¿quién sabe?... se encariñen con un muchacho que ha crecido y hay que sacrificar. Y a algunos, quizá, los entrenarán para darnos caza.

—¡No! —protesté—. ¡Eso es imposible! Ningún ser humano...

—¿De qué sirve seguir con esas mentiras? —replicó el artillero—. Hay hombres que lo harían encantados. ¡Es una tontería fingir que no es así!

Sucumbí a su convicción.

—¡Si vienen a por mí!... —exclamó—. ¡Dios mío, si vienen a por mí! —Y se sumió en una reflexión sombría.

Me quedé pensando en todas aquellas cosas. No se me ocurría nada que pudiera objetar al razonamiento de aquel hombre. En los días previos a la invasión nadie habría cuestionado mi superioridad intelectual respecto a la suya: yo era un escritor reputado y reconocido que trataba temas filosóficos, mientras que él era un soldado raso, y aun así acababa de plantear una situación que yo apenas había atisbado.

—¿Y qué va a hacer? —le pregunté entonces—. ¿Qué planes tiene?

El hombre dudó.

—Bueno, haremos lo siguiente —empezó—. ¿Qué tenemos que hacer? Tenemos que inventar un tipo de vida que permita a los hombres vivir y reproducirse, y tener la seguridad necesaria para cuidar de sus hijos. Sí, espere un poco, y le aclararé lo que creo que hay que hacer. Los domesticados se comportarán como cualquier bestia domesticada... al cabo de unas cuantas generaciones serán grandes, hermosos, sanos y estúpidos... ¡Una basura! El riesgo es que los demás nos volvamos salvajes, degeneremos en una especie de gran rata salvaje... Verá, como creo que hay que vivir bajo tierra, he estado pensando en las alcantarillas. Claro que los que no conocen las alcantarillas se imaginan cosas terribles, pero debajo de Londres hay kilómetros y kilómetros —cientos de kilómetros—, y tras unos cuantos días de lluvia y con Londres vacío quedarán agradables y limpias. Las principales son lo bastante grandes y ventiladas para cualquiera. Luego hay bodegas, sótanos, almacenes, desde donde se pueden hacer pasajes cerrados hasta las alcantarillas. Y también están los túneles del tren y el metro, ¿eh? ¿Empieza a imaginárselo? Y formaremos un grupo de hombres capaces y con la mente despejada. No recogeremos cualquier basura que comparezca. Los alfeñiques se quedan fuera.

—¿Como quería hacer conmigo?

—Bueno... he parlamentado, ¿no?

—No nos pelearemos por eso. Prosiga.

—Los que vengan obedecerán órdenes. También queremos mujeres capaces y con la mente despejada, madres y maestras. Nada de damas apáticas ni de las que ponen los ojos en blanco. No puede haber débiles ni tontos. La vida vuelve a ser real, y los inútiles, torpes y maliciosos deben morir. Tienen que morir. Tienen que estar dispuestos a morir. A fin de cuentas, es una especie de deslealtad vivir y mancillar la raza. Y no pueden ser felices. Además, morirse no es tan terrible... es el miedo lo que lo hace malo. Y nos reuniremos en todos esos lugares. Nuestro barrio será Londres. Y puede que incluso podamos vigilar y salir al aire libre cuando los marcianos se marchen. A jugar al críquet, quizá. Así es como salvaremos a la raza, ¿eh? ¿Es posible? Pero salvar a la raza de por sí no es nada. Como he dicho, eso es ser simples ratas. Lo importante es salvar nuestros conocimientos y ampliarlos. Ahí intervienen los hombres como usted. Y los libros, las maquetas. Debemos construirnos lugares estupendos y seguros en las profundidades, y coger todos los libros que podamos; ni novelas ni poesía, eso es papel mojado, sino ideas, libros de ciencia. Y ahí es donde intervienen los hombres como usted. Debemos ir al British Museum y recoger todos esos libros. Sobre todo debemos conservar nuestra ciencia, y aprender más. Debemos observar a estos marcianos. Algunos de nosotros debemos ir a espiar. Cuando todo esté en marcha, puede que vaya yo. Y me deje atrapar, quiero decir. Lo bueno es que debemos dejar a los marcianos en paz. No debemos siquiera robarles. Si nos cruzamos en su camino, nos largamos. Debemos mostrarles que no queremos hacerles daño. Sí, ya lo sé. Pero son seres inteligentes, y no nos cazarán si tienen todo lo que desean y creen que no somos más que un bicho inofensivo. —El artillero hizo una pausa y me colocó una mano marrón en el hombro—. A fin de cuentas, puede que no tengamos que aprender tanto antes de... Solo imagínese esto: cuatro o cinco de sus máquinas guerreras se ponen de repente en marcha, con rayos de calor a derecha e izquierda, y no hay ni un marciano dentro de ellas. Ni un marciano dentro, sino hombres, hombres que han aprendido a manejarlas. Puede que yo incluso llegue a verlos, a esos hombres. ¡Imagínese llevar una de esas máquinas increíbles, con el rayo de calor a su disposición! ¡Imagínese que lo controla! ¿Qué importaría si acaba hecho pedazos al final del recorrido, tras un ataque semejante? ¡Me imagino a los marcianos con los hermosos ojos abiertos! ¿No se los imagina, hombre? ¿No se los imagina corriendo, corriendo, soplando y resoplando y chillando a los otros aparatos mecánicos? Pero ya habríamos puesto todas las máquinas en punto muerto. Y entonces ¡fiu, pam, brrr, pam!, justo cuando se abalanzaran sobre ella, pero entonces ¡fiu!, el rayo de calor, y, cuidado, ¡el hombre ha vuelto a ocupar su lugar!

Durante un rato, la audacia imaginativa del artillero y el tono de seguridad y valentía que adoptaba ocuparon del todo mi pensamiento. Creía sin dudarlo tanto en sus predicciones respecto al destino humano como en la viabilidad de su increíble plan, y el lector que me considere susceptible e insensato debe contrastar su situación, mientras lee sin parar con la mente concentrada en el tema, y la mía, agachado y temeroso en los arbustos y escuchándole, trastornado por la aprensión. Así hablamos a primera hora de la mañana, y más tarde salimos arrastrándonos de los arbustos. Tras examinar el cielo en busca de marcianos, corrimos a toda prisa a la casa que había convertido en su guarida. Se refugiaba en la carbonera, y cuando vi lo que había logrado hacer en una semana, pues se trataba de una madriguera de menos de diez metros que pretendía que alcanzara la alcantarilla principal de Putney Hill, me percaté por primera vez del abismo existente entre sus sueños y sus poderes. Un agujero así yo lo habría cavado en un día.

Sin embargo, creía lo bastante en él para trabajar durante toda aquella mañana en la excavación, hasta pasado el mediodía. Teníamos una parihuela y amontonábamos la tierra que sacábamos contra el horno de la cocina. Descansamos tomando una lata de falsa sopa de tortuga y un poco de vino de la despensa vecina. En aquel trabajo constante hallé un curioso alivio de la dolorosa extrañeza del mundo. Mientras cavábamos me puse a dar vueltas a su idea, y empezaron a plantearse objeciones y dudas, pero trabajé toda la mañana con él, pues estaba encantado de volver a tener un propósito. Transcurrida una hora de trabajo empecé a especular acerca de la distancia que había que recorrer hasta alcanzar la cloaca, y las posibilidades de que no diéramos con ella. Mi preocupación inmediata era por qué debíamos cavar ese túnel tan largo, cuando podíamos meternos en la alcantarilla directamente por una de las bocas, e ir retrocediendo hasta la casa. También me parecía que la casa estaba mal escogida, pues se necesitaba un túnel innecesariamente largo. Justo cuando empezaba a valorar estas cosas, el artillero dejó de cavar y me miró.

—Vamos bien —señaló, dejando la pala—. Lo dejaremos un rato. Creo que ha llegado la hora de hacer un reconocimiento desde el tejado de la casa.

Pero yo quería seguir, y tras dudar un poco él volvió a coger la pala, hasta que se me ocurrió algo. Paré de cavar, y él también, enseguida.

—¿Por qué estaba paseando por el campo, en vez de estar aquí? —pregunté.

—Tomaba el aire —respondió—. Volvía. De noche es más seguro.

—¿Y lo de cavar?

—Ah, no se puede cavar siempre —contestó, y de repente entendí cómo era aquel hombre. Dudó, sosteniendo la pala—. Ahora vamos a hacer un reconocimiento, porque si se acercan puede que oigan las palas y nos pillen desprevenidos.

Ya no estaba dispuesto a poner objeciones. Nos fuimos juntos y nos quedamos encaramados en una escalera de mano que se asomaba por la puerta del tejado. No se veían marcianos, y nos atrevimos a subirnos a las tejas y deslizarnos protegidos por el parapeto.

Desde aquella posición unos matorrales ocultaban gran parte de Putney, pero veíamos el río debajo, que formaba una masa burbujeante de hierba roja, y las partes más bajas de Lambeth, inundadas y rojas. La trepadora roja subía por los árboles en torno al viejo palacio, y sus ramas se extendían, adustas y mortecinas, con hojas marchitas entre los macizos. Resulta extraño cómo dependían ambas plantas de la corriente del agua para propagarse. A nuestro alrededor ninguna de ellas había conseguido arraigar; salían laburnos, hepáticas, flores blancas y arbustos verdes de entre laureles y hortensias, que brillaban a la luz del sol. Más allá de Kensington se alzaba un humo denso, que junto con una bruma azul ocultaba las colinas del norte.

El artillero empezó a hablarme de qué clase de gente se había quedado en Londres.

—Una noche de la semana pasada, unos imbéciles consiguieron que funcionara la luz eléctrica, y todo Regent's Street y Circus quedaron iluminados, repletos de borrachos harapientos, hombres y mujeres, que bailaron y gritaron hasta el amanecer. Me lo explicó un hombre que estuvo allí. Y al acercarse el día se dieron cuenta de que había una máquina guerrera cerca del Langham, y que miraba hacia ellos. Dios sabe cuánto rato llevaba allí. Algunos debieron de acabar muy mal. Avanzó por la calle hacia ellos, y recogió cerca de un centenar de personas, demasiado borrachas y asustadas para huir.

¡Qué imagen más grotesca de unos tiempos que ninguna historia jamás describirá con todo detalle!

A partir de ahí, en respuesta a mis preguntas, volvió a contarme sus grandiosos planes. Se fue entusiasmando cada vez más. Hablaba con tanta elocuencia de la posibilidad de atrapar a una máquina guerrera que me inclinaba a creérmelo. Pero ahora que empezaba a entender cómo era, detectaba su insistencia en no hacer nada precipitadamente. Y me percataba de que era él, sin duda, quien pretendía hacerse con aquella máquina increíble y luchar con ella.

Al cabo de un rato bajamos a la carbonera. Ninguno de los dos parecía dispuesto a seguir cavando, y cuando sugerí que comiéramos, no se resistió. De repente se volvió muy generoso, y cuando acabamos de comer se marchó y volvió con unos puros excelentes. Cuando los encendimos aumentó su optimismo. Quería considerar mi llegada como una ocasión especial.

—Hay un poco de champán en la carbonera —me informó.

—Cavaremos mejor con este borgoña del Támesis —repuse.

—¡No! Hoy invito yo. ¡Champán! ¡Por amor de dios! ¡Ya es bastante dura la tarea que nos espera! ¡Hagamos un descanso y reunamos fuerzas mientras podamos! ¡Mire las ampollas de estas manos!

Y siguiendo con la idea de descansar, insistió en que jugáramos a las cartas después de comer. Me enseñó a jugar al *eucre,* y tras dividirnos Londres y quedarme yo con el norte y él con el sur, echamos una partida apostándonos las parroquias. Por grotesco y estúpido que pueda parecerle todo esto al lector sobrio, es absolutamente cierto, pero lo más llamativo es que tanto el juego de cartas como otros tantos me resultaron extremadamente interesantes.

¡Qué extraña es la mente del hombre! Tanto que cuando la especie estaba al borde del exterminio o de una degradación terrible y su única perspectiva era la de una muerte espantosa, permanecíamos sentados siguiendo el azar de aquel tablero de cartón pintado y jugando entusiasmados con comodines. Luego me enseñó a jugar al póquer, y le gané en tres partidas de ajedrez muy duras. Cuando oscureció decidimos arriesgarnos a encender una lámpara.

Tras una retahíla interminable de juegos, cenamos, y el artillero se terminó el champán. Seguimos fumando puros. El artillero ya no era el enérgico regenerador de su especie con quien me había topado aquella mañana. Seguía mostrándose optimista, pero se trataba de un optimista menos cinético, más reflexivo. Recuerdo que acabó brindando por mi salud en un discurso poco variado y bastante intermitente. Cogí un puro y subí a mirar las luces de las que me había hablado, las que brillaban tan verdes por las colinas de Highgate.

Al principio miré sin saber adónde por el valle de Londres. Las colinas del norte estaban envueltas en la oscuridad; los incendios cerca de Kensington brillaban muy rojos, y de vez en cuando una lengua de fuego naranja y roja se alzaba y desaparecía en la profunda noche azul. El resto de Londres estaba negro. Luego, más cerca, divisé una luz extraña, un brillo pálido de un violeta o púrpura fluorescente, que temblaba bajo la brisa nocturna. Al principio no sabía qué era, y luego comprendí que debía de proceder de la hierba roja. Con esta intuición la capacidad de maravillarme y de percibir la proporción de las cosas, que permanecían letárgicas, volvieron a despertarse. Miré desde allí hacia Marte, rojo y despejado, que brillaba en lo alto hacia el oeste, y luego miré largo y tendido hacia la oscuridad de Hampstead y Highgate.

Estuve mucho rato en el tejado, pensando en los cambios grotescos acontecidos durante el día. Recordé mis diversos estados de ánimo desde el rezo a medianoche hasta los estúpidos juegos de cartas. Sentí una repugnancia terrible. Recuerdo que arrojé el puro a un lado como si me deshiciera de algo destructivo. Me di cuenta de mi locura de manera exagerada y desmedida. Sentí que había traicionado a mi esposa y a los míos, me atenazaban los remordimientos. Decidí abandonar a aquel extraño e indisciplinado que soñaba con grandes cosas mientras bebía y engullía, e irme a Londres. Me parecía que era donde tendría más oportunidades de enterarme de lo que estaban haciendo los marcianos y mis congéneres. Seguía en el tejado cuando se alzó la luna tardía.

8
LONDRES MUERTO

Después de separarme del artillero bajé por la colina y por High Street y luego crucé el puente hasta Fulham. La hierba roja abundaba en aquella época, y casi sepultaba la calzada del puente, pero en algunas zonas sus frondas ya estaban blanqueadas por la enfermedad que se extendía y que acabó eliminándola rápidamente.

En la esquina del sendero que va a la estación de Putney Bridge encontré a un hombre echado en el suelo. Estaba cubierto de polvo negro, como un deshollinador, y tan borracho que no podía moverse ni hablar. No conseguí sacarle nada excepto insultos e intentos furiosos de darme un cabezazo. Creo que me habría quedado con él, pero me asustó la expresión brutal de su rostro.

El polvo negro se extendía por la calzada desde el puente en adelante, y se espesaba en Fulham. Las calles estaban horriblemente silenciosas. Conseguí comida, agria, dura y mohosa, pero aun así comestible, en una panadería que había allí. Ya en dirección a Walham Green se despejó el polvo de las calles, y pasé por delante de una hilera de casas blancas que ardían; el ruido de la quema resultaba un alivio. Continuando hacia Brompton las calles volvían a estar silenciosas.

Allí encontré más polvo negro en las calles, y cadáveres. En conjunto, vi una docena a lo largo de Fulham Road. Llevaban varios días muertos, así que pasé por su lado a toda prisa. El polvo negro los cubría y suavizaba sus contornos. A alguno lo habían atacado los perros. Donde no había polvo negro, la ciudad tenía curiosamente el aspecto de un domingo cualquiera, con las tiendas cerradas, las casas también cerradas y las persianas bajadas, todo abandonado, silencioso. En algunos lugares habían intervenido los saqueadores, pero rara vez para otra cosa que aprovisionarse de comida y alcohol. El escaparate de un joyero estaba roto por un extremo, pero al parecer habían interrumpido al ladrón y había unas cuantas cadenas de oro y un reloj desperdigados por el suelo. No me molesté en tocarlos. Más adelante una mujer andrajosa se había desplomado en un portal; la mano que le colgaba sobre la rodilla tenía un corte profundo que sangraba hasta su vestido marrón oxidado, y una botella grande de champán rota formaba un charco en el suelo. Parecía dormida, pero estaba muerta. Cuanto más me internaba en Londres más aumentaba la quietud.

Sin embargo, más que la quietud de la muerte, lo que había era suspense, expectación. En cualquier momento, la destrucción que había quemado los límites noroccidentales de la metrópolis, y aniquilado Ealing y Kilburn, podría volver a atacar esas casas y reducirlas a un montón de escombros humeantes. Era una ciudad condenada, abandonada y ruinosa.

En las calles de South Kensington no había muertos ni polvo negro. Fue cerca de allí donde oí por primera vez un aullido, que se deslizaba de forma casi imperceptible hasta mis sentidos. Se trataba de la alternancia sollozante de dos notas: «¡U-la, u-la, u-la, u-la!», que sonaban sin cesar. Cuando crucé las calles que iban en dirección norte el volumen aumentó, luego las casas y edificios parecían amortiguarlo e interrumpirlo otra vez. Se oía a todo volumen en Exhibition Road. Me detuve, mirando hacia Kensington Gardens, preguntándome qué era aquel gemido extraño y lejano. Parecía como si aquel descomunal desierto de casas hubiera hallado una voz para expresar su miedo y su soledad.

«¡U-la, u-la, u-la, u-la!», gemía la voz sobrehumana, bajando en grandes oleadas por la calzada amplia e iluminada por el sol, entre los edificios que se elevaban a cada lado. Me volví hacia el norte, maravillado, hacia las puertas de hierro de Hyde Park. Estaba medio decidido a entrar en el Museo de Historia Natural y abrirme paso hasta lo alto de las torres para poder mirar por encima del parque, pero resolví quedarme a ras del suelo, donde podía ocultarme rápidamente, de modo que continué subiendo por Exhibition Road. Todas las grandes mansiones, a lado y lado de la calle, estaban vacías y silenciosas, y mis pasos resonaban contra sus fachadas. Al llegar al final, cerca de la puerta del parque, me encontré con una imagen extraña: un autobús volcado, y el esqueleto de un caballo desollado. Tras quedarme un rato perplejo ante aquella visión, continué hasta el puente que cruzaba el Serpentine. La voz cada vez se oía más fuerte, aunque yo no veía nada por encima de los tejados de las casas del lado norte del parque, a excepción de una nube de humo hacia el noroeste.

«¡U-la, u-la, u-la, u-la!», gritaba la voz, procedente, a mi parecer, del barrio que rodea Regent's Park. El grito desolador hizo mella en mí. El ánimo que me había sostenido se desvaneció. El gemido se apoderó de mi persona y me di cuenta de que estaba muy cansado y dolorido, y otra vez hambriento y sediento.

Ya había pasado el mediodía. ¿Por qué me dedicaba a merodear solo por la ciudad de los muertos? ¿Por qué estaba solo cuando todo Londres era una capilla ardiente con su mortaja negra? Sentí una soledad insoportable. Mi mente recordó a viejos amigos olvidados desde hacía años. Pensé en los venenos de los farmacéuticos, en los licores que guardaban los vinateros; recordé a las dos criaturas borrachas y desesperadas que, por lo que sabía, compartían la ciudad conmigo... Llegué a Oxford Street por Marble Arch, y allí volvía a haber polvo negro y diversos cadáveres, y un olor maldito y ominoso procedente de las rejillas de las bodegas de algunas de las casas. Me entró mucha sed debido el calor que pasé durante la larga caminata. Con muchas dificultades conseguí entrar en una taberna y encontrar comida y bebida. Después de comer me quedé exhausto, y me metí en el salón de detrás del bar y me dormí en un sofá negro de pelo de crin que había allí.

Cuando me desperté el funesto aullido seguía penetrando en mis oídos. «¡U-la, u-la, u-la, u-la!». Ahora era de noche, y tras encontrar algunas galletas y queso en el bar —había una fresquera, pero solo contenía gusanos—, me dirigí hacia Baker Street pasando por las silenciosas plazas residenciales —Portman Square es la única que recuerdo—, hasta salir a Regent's Park. Al llegar a lo alto de Baker Street vi por encima de los árboles, en la luz del atardecer, la capucha del gigante marciano de quien procedían los aullidos. No estaba aterrorizado. Me acerqué a él como si fuera lo más habitual del mundo. Lo observé durante un rato, pero no se movió. Estaba ahí gritando por motivos que no sabía discernir.

Traté de trazar un plan de acción. El ruido constante de su «¡U-la, u-la, u-la, u-la!» me confundía. Puede que estuviera demasiado cansado para asustarme. Lo cierto es que sentía más curiosidad por conocer el motivo de aquellos lamentos monótonos que miedo. Me volví apartándome del parque y me metí por Park Road con la intención de bordear Regent's Park, continué protegido por la hilera de casas y conseguí ver al marciano inmóvil y aullador desde el lado de St. John's Wood. A unos doscientos metros de Baker Street oí un coro de aullidos, y vi primero a un perro con un trozo de carne roja putrefacta en sus mandíbulas que venía directo hacia mí, y luego a una manada de chuchos hambrientos que lo perseguían. El perro describió una curva amplia para evitarme, como si pensara que pudiera resultar un nuevo competidor. Cuando los aullidos perrunos fueron disminuyendo por la calle silenciosa, los quejumbrosos «u-la, u-la, u-la, u-la» se reafirmaron.

Me encontré con la máquina instrumental destrozada a mitad de camino de la estación de St. John's Wood. Al principio pensé que una casa se había derrumbado en la calle. Hasta que no me encaramé a las ruinas no vi, sorprendido, a aquel sansón mecánico con los tentáculos doblados, aplastados y retorcidos entre las ruinas que él mismo había provocado. Tenía la parte delantera hecha añicos. Parecía como si se hubiese dirigido directamente, a ciegas, hacia la casa y hubiera quedado aplastado al derribarla. Me pareció que podría haber ocurrido, tal vez, cuando la máquina trataba de escapar del control de su marciano. No podía trepar entre las ruinas para verlo, y el crepúsculo estaba tan avanzado que la sangre de la que se había teñido su asiento y el cartílago roído del marciano que habían dejado los perros ya me resultaban invisibles.

Más maravillado aún por todo lo que había visto, continué hacia Primrose Hill. Lejos, por el espacio entre dos árboles, vi a un segundo marciano, tan inmóvil como el primero, en el parque que daba a los jardines zoológicos, y este estaba en silencio. Un poco más allá de las ruinas y la máquina instrumental aplastada volví a encontrar hierba roja, y Regent's Canal estaba cubierto por una masa esponjosa de vegetación de color rojo oscuro.

Al cruzar el puente, el «u-la, u-la, u-la, u-la» cesó. Parecía haberse interrumpido. El silencio sobrevino como un trueno.

A mi alrededor, las casas altas y oscuras apenas se veían; hacia el parque los árboles se estaban oscureciendo. Por todas partes la hierba roja trepaba entre los escombros, retorciéndose para adentrarse en la penumbra por encima de mi cabeza. La noche, la madre del miedo y el misterio, se aproximaba. Sin embargo, mientras oía aquella voz la soledad y la desolación habían resultado soportables; gracias a ella Londres aún parecía vivo, y la sensación de vida que me rodeaba me sostenía. Pero de repente se había producido un cambio, había ocurrido algo que no sabía qué era, y volvía a notarse la quietud. No había nada salvo aquella quietud descarnada.

Londres me miraba como un espectro. Las ventanas de las casas blancas eran como las cuencas de las calaveras. La imaginación me hacía presentir un millar de enemigos silenciosos en movimiento. El terror se apoderó de mí, temía haber cometido una insensatez. Delante de mí la carretera se volvía tan negra como si estuviera alquitranada, y vi una figura contraída que yacía en el camino. No conseguía continuar. Bajé por St. John's Wood Road y hui precipitadamente de aquella quietud insoportable hacia Kilburn. Me escondí de la noche y el silencio, hasta bien pasada la medianoche, en la cabaña de un cochero en Harrow Road. Pero antes de que amaneciera recuperé el coraje, y con las estrellas todavía en el cielo volví una vez más hacia Regent's Park. Me perdí por las calles, y al final de una avenida larga, en la penumbra de cuando despunta el amanecer, vi la curva de Primrose Hill. En la cima, alzándose hacia las estrellas que se apagaban, había un tercer marciano, erecto e inmóvil como los otros.

Una determinación demencial se apoderó de mí: quería morir y acabar con todo. Y quería incluso ahorrarme las molestias de matarme a mí mismo. Avancé insensatamente hacia aquel titán, y entonces, al acercarme y aumentar la luz, vi que en torno a la capucha se apiñaba una multitud de aves negras. Al verlo el corazón me dio un vuelco, y eché a correr por la calle.

Corrí por la hierba roja que sepultaba St. Edmund's Terrace (vadeé, con el agua hasta el pecho, un torrente que bajaba corriendo desde la purificadora hacia Albert Road) y salí a la hierba antes de que se alzara el sol. Se habían creado unos grandes montículos en torno a la cima de la colina, que la convertían en un reducto descomunal de hierba roja; era el último y mayor que habían creado los marcianos, y detrás de él se alzaba un humo fino recortado contra el cielo. Un perro ansioso pasó corriendo y desapareció. La idea que había atravesado mi mente se volvió real, creíble. No tenía miedo, solo sentía un júbilo alocado, temblaba mientras corría hacia la colina en dirección al monstruo inmóvil. De la capucha colgaban tiras de color marrón, que los pájaros hambrientos picoteaban y desgarraban.

Al cabo de un instante subí por el terraplén hasta la cima de la colina, y el interior del reducto quedó por debajo de mí. Se trataba de un espacio imponente, con máquinas gigantes aquí y allá, montones enormes de materiales y extraños lugares para resguardarse. Y desperdigados por allí, algunos en sus máquinas guerreras volcadas, otros en las ahora rígidas máquinas instrumentales y una docena de ellos descarnados y silenciosos formando una hilera, se hallaban los marcianos... ¡muertos!, asesinados por las bacterias portadoras de enfermedades y putrefacción contra las que sus sistemas no estaban preparados; asesinados, tras fallar todos los instrumentos de los hombres, por las criaturas más humildes que la sabiduría de Dios ha puesto sobre la Tierra.

Porque así había acontecido, como yo y muchos como yo podríamos haber previsto si el terror y la catástrofe no hubieran cegado nuestras mentes. Estos gérmenes de enfermedad llevan cebándose con la humanidad desde el comienzo, llevan cebándose con nuestros ancestros prehumanos desde que empezó la vida aquí. Sin embargo, gracias a la selección natural nuestra especie ha desarrollado un enorme poder de resistencia; no sucumbimos a ningún germen sin plantarle cara, y nuestros cuerpos son totalmente inmunes a muchos de ellos, por ejemplo, a los que causan putrefacción en la materia muerta. En Marte, en cambio, no hay bacterias, y en cuanto estos invasores llegaron, bebieron y se alimentaron, nuestros aliados microscópicos empezaron a trabajar en su derrocamiento. Cuando los observaba ya estaban irrevocablemente condenados, morían y se pudrían cuando se dedicaban a ir y venir. Era inevitable. Al hombre le ha costado un billón de muertes ganarse el derecho a permanecer sobre esta Tierra, y es suya a pesar de todos los invasores, y seguiría siendo suya aunque los marcianos fueran diez veces más poderosos de lo que son. Porque los hombres ni viven ni mueren en vano.

En la gran brecha que habían cavado reposaban desperdigados casi cincuenta marcianos, sorprendidos por una muerte que debió de resultarles tan incomprensible como cualquier otra. A mí también me resultó incomprensible en ese momento. Lo único que sabía era que aquellas criaturas, antes tan vivas y tan terribles para los hombres, ahora estaban muertas. Por un instante creí que la destrucción de Senaquerib se había repetido, que Dios se había arrepentido, que el Ángel de la Muerte las había asesinado durante la noche.

Me quedé mirando el hoyo y sentí que mi corazón desbordaba alegría, mientras el sol que salía iluminaba el mundo que me rodeaba con sus rayos. El hoyo seguía a oscuras; las poderosas máquinas, cuya potencia y complejidad las hacía tan increíbles y magníficas, y cuyas formas tortuosas eran tan sobrenaturales, se alzaban misteriosas, vagas y extrañas desde las sombras hacia la luz. Oí que una multitud de perros peleaba por los cadáveres que yacían, oscuros, en las profundidades del hoyo muy por debajo de mí. Al otro lado, en el borde más alejado, plano, amplio y extraño, estaba tumbada la gran máquina de volar con la que se habían dedicado a experimentar en nuestra densa atmósfera hasta que la descomposición y la muerte los detuvo. La muerte no había llegado demasiado pronto. Al oír unos graznidos por encima de la cabeza alcé la vista hacia la enorme máquina guerrera que ya no iba seguir luchando, hacia los restos destrozados de carne roja que colgaban sobre los asientos volcados en la cima de Primrose Hill.

Me volví y miré por la ladera de la colina hasta donde, rodeados de pájaros, se hallaban los otros dos marcianos que había visto aún de noche, justo cuando la muerte se apoderaba de ellos. Uno había muerto puede que mientras lloraba a sus compañeros; tal vez fuera el último en morir, y su voz había continuado, incesante, hasta que se agotó la fuerza de su maquinaria. Ahora sus trípodes convertidos en torres inofensivas de metal reluciente brillaban bajo la luz del sol que se alzaba.

Alrededor del hoyo, milagrosamente salvada de la destrucción eterna, se extendía la gran Madre de Ciudades. Los que solo han visto Londres cubierta por sus sombrías vestiduras de humo apenas pueden imaginarse la claridad desnuda y la belleza del páramo silencioso de casas.

Hacia el este, por encima de las ruinas renegridas de Albert Terrace y la aguja partida de la iglesia, el sol abrasaba en el cielo despejado, y aquí y allá alguna faceta del gran páramo de tejados atrapaba la luz y resplandecía con una blanca intensidad. La luz alcanzaba incluso esa bodega redonda que hay junto a la estación de Chalk Farm, y también los amplios depósitos del ferrocarril, donde las filas de raíles negros estaban bordeadas de rojo, debido al óxido acumulado en quince días de inactividad, lo que les otorgaba un atractivo misterioso. Hacia el norte se hallaban Kilburn y Hampstead, azules y repletos de casas; hacia el oeste, la gran ciudad menguaba, y hacia el sur, más allá de los marcianos, la mancha verde de Regent's Park, el Langham Hotel, la cúpula del Albert Hall, el Imperial Institute y las mansiones gigantes de Brompton Road se veían nítidas y pequeñas ante la salida del sol, mientras las ruinas irregulares de Westminster se alzaban brumosas más adelante. Lejanas y azules se veían las colinas de Surrey, y las torres del Crystal Palace brillaban como dos barras de plata. La cúpula de San Pablo contrastaba, oscura, con el amanecer, y por primera vez vi que tenía una enorme cavidad abierta en el lado occidental.

Mientras miraba aquella amplia extensión de casas y fábricas e iglesias, silenciosa y abandonada, pensando en las esperanzas y los esfuerzos multitudinarios, en las innumerables vidas que se habían necesitado para construir este arrecife humano, y en la rápida e implacable destrucción que se había cernido sobre todo ello, me percaté de que la sombra se había retirado y de que quizá los hombres siguieran con vida en las calles, y de que mi querida ciudad, enorme y muerta, tal vez volvería a cobrar

vida y poder, y sentí que me invadía una emoción que me puso al borde de las lágrimas.

El tormento había terminado. La curación se iniciaría ese mismo día. Los supervivientes desperdigados por el campo, sin líder, sin ley, sin comida, como ovejas sin pastor, los miles de personas que habían huido por mar comenzarían a volver; cada vez con más fuerza, la vida latiría en las calles vacías y se extendería por las plazas sin gente. Cualquiera que fuera la destrucción ejercida, se había frenado la mano del destructor. Todos los restos desolados, los esqueletos de casas ennegrecidos que miraban, sombríos, hacia la hierba de la colina iluminada por el sol, resonarían con los golpes de los martillos y las palas de sus restauradores. Al pensarlo extendí las manos hacia el cielo y empecé a darle las gracias a Dios. «Dentro de un año —pensé—, dentro de un año...».

Una fuerza abrumadora me hizo pensar en mí mismo, en mi esposa y en la antigua vida llena de esperanza y tierna amabilidad que había desaparecido para siempre.

9

RUINAS

Y ahora llega la parte más extraña de la historia. Aunque puede que no resulte del todo extraña. Recuerdo clara, fría y vívidamente todo lo que hice ese día hasta el momento en que me puse a llorar y a alabar a Dios en la cima de Primrose Hill. Luego no sé nada.

No sé nada de los tres días siguientes. Desde entonces me he enterado que no fui el primero en descubrir que los marcianos habían sido derrocados, varias personas que vagaban como yo lo habían descubierto la noche anterior. Un hombre, el primero, se había dirigido hasta St. Martin's Le Grand, y, mientras yo me cobijaba en la cabaña del cochero, había conseguido telegrafiar a París. De ahí, la feliz noticia había saltado a todo el mundo, y miles de ciudades, heladas por una aprensión espantosa, se iluminaron de repente, frenéticas; para cuando me hallaba en el borde del hoyo lo sabían en Dublín, Edimburgo, Manchester, Birmingham. Había hombres que, llorando de alegría, según me han dicho, gritaban y dejaban de trabajar para dar la mano a otros y gritar, y llenaban trenes, ya desde el cercano Crewe, para bajar a Londres. Las campanas de la iglesia, que habían dejado de sonar durante quince días, resonaron por toda Inglaterra desde que se difundió de repente la noticia. Hombres flacos y de aspecto descuidado recorrían los caminos en bicicleta, a toda velocidad, gritando la inesperada liberación, gritando a las figuras demacradas que los miraban desesperadas. ¡Y llegaba comida! Procedente del otro lado del Canal, del mar de Irlanda, del Atlántico, llegaba rápidamente maíz, pan y carne para aliviarnos. Aquellos días todos los barcos del mundo parecían dirigirse hacia Londres. Pero todo esto no lo recuerdo, pues divagaba, enloquecido. Fui a parar a la casa de unas personas amables, que me encontraron el tercer día deambulado, llorando y delirando por las calles de St. John's Wood. Me han contado que cantaba unos estúpidos ripios sobre «el último hombre vivo, ¡hurra!, ¡el último hombre vivo!». Preocupadas como estaban con sus propios asuntos, estas personas, cuyos nombres no sabría consignar aquí, aunque me gustaría mucho, se ocuparon de mí, me acogieron y me protegieron de mí mismo. Al parecer se enteraron de parte de lo que me había sucedido durante los días que no recuerdo.

Cuando mi mente volvió a afianzarse, me informaron con mucha delicadeza de lo que sabían del destino de Leatherhead. Dos días después del inicio de mi encierro fue destruido, y con él todas las almas que allí se hallaban, por un marciano. Al parecer lo habían borrado de la faz de la Tierra sin provocación alguna, como un muchacho que aplasta un hormiguero, sencillamente porque podían.

Me había quedado solo, y fueron muy amables conmigo. Estaba solo y triste, y cargaron conmigo. Permanecí con ellos cuatro días más tras recuperarme. Entonces sentí un vago y creciente deseo de volver la vista hacia lo que quedara de la pequeña vida que tan feliz y luminosa me parecía en el pasado. No era más que un deseo inútil para regodearme en mi miseria. Me disuadieron. Hicieron todo lo posible por distraerme de esa morbosidad. Sin embargo, al final no pude resistir el impulso y, tras hacerles la promesa fiel de volver con ellos y separarme, lo confesaré, de los amigos de esos cuatro días con lágrimas en los ojos, volví a salir a las calles que tan oscuras, extrañas y vacías habían estado últimamente.

Estaban llenas de gente que volvía, en algunos puntos incluso había tiendas abiertas, y vi una fuente de la que manaba agua.

Recuerdo el brillo burlón del día cuando reanudé mi peregrinaje melancólico hasta la casita de Woking, lo concurridas que estaban las calles y lo bulliciosa que era la agitada vida que me rodeaba. Había tantas personas en la calle, por todas partes, ocupadas en un millar de actividades, que me parecía increíble que pudieran haber asesinado a un gran porcentaje de la población. Entonces me percaté de lo cetrina que estaba la piel de las personas que me encontraba, lo greñudo que tenían el cabello los hombres y lo grandes y luminosas que eran sus miradas, y de que muchos aún iban vestidos con harapos. Sus rostros adoptaban siempre una de estas dos expresiones: o bien estaban exultantes, llenos de energía, o se mostraban decididos pero adustos. Salvo por la expresión de los rostros, Londres parecía una ciudad de vagabundos. Las parroquias distribuían indiscriminadamente el pan que nos había enviado el gobierno francés. A los pocos caballos que quedaban se les marcaban las costillas de un modo aterrador. Unos policías especiales, con placas blancas, permanecían apostados, demacrados, en las esquinas de todas las calles. No comprendí gran parte del daño causado por los marcianos hasta alcanzar Wellington Street, donde vi la hierba roja trepando por los contrafuertes del puente de Waterloo.

En la esquina del puente vi también uno de los contrastes habituales de aquella época grotesca: una hoja de papel agitándose contra un matorral de hierba roja, atravesada por un palo que la mantenía sujeta. Era un ejemplar del primer periódico que volvió a publicarse, el *Daily Mail*. Compré un ejemplar a cambio de un chelín renegrido que encontré en el bolsillo. La mayor parte del periódico estaba en blanco, pero el maquetador solitario que lo hizo se entretuvo creando un grotesco anuncio y lo había repetido en la contraportada. El contenido era emotivo; el periódico aún no se había reorganizado. No me enteré de nada nuevo excepto de que en tan solo una semana el análisis de los mecanismos marcianos había arrojado resultados increíbles. Entre otras cosas, el artículo confirmaba lo que yo entonces no me creía, y era que se había descubierto el «secreto de volar». En Waterloo hallé trenes gratuitos que llevaban a la gente a sus casas. La primera avalancha ya había salido. Había pocas personas en el tren, y yo no estaba de humor para hablar con desconocidos. Conseguí un compartimento para mí solo y me senté con los brazos cruzados, mirando ceñudo la devastación iluminada por el sol que pasaba a toda velocidad por delante de las ventanas. Y cuando salió de la estación terminal, el tren traqueteó hasta unos raíles provisionales, y a cada lado de la línea las casas eran ruinas negras. Yendo hacia Clapham Junction, Londres mostraba un rostro oscurecido por el polvo del humo negro, a pesar de los dos días de tormentas y lluvia transcurridos. En Clapham Junction la línea había vuelto a quebrarse; había centenares de oficinistas sin trabajo y tenderos trabajando codo con codo con los peones habituales, y saltamos a otra vía.

Continuando desde allí, el campo estaba desolado y desconocido; Wimbledon había sufrido especialmente. Al no tener pinares quemados, Walton parecía el punto menos afectado de toda la línea. El Wandle, el Mole y todos los arroyos estaban cubiertos por una masa de hierba roja, cuyo aspecto se hallaba a mitad de camino entre el de la carne de un carnicero y el del repollo encurtido. Los pinares de Surrey estaban, no obstante, demasiado secos para las guirnaldas de la trepadora roja. Más allá de Wimbledon, en ciertos viveros, se veían desde la línea las masas de tierra acumuladas en torno al sexto cilindro. Varias personas lo rodeaban, y algunos zapadores estaban enfrascados ahí dentro. Por encima del cilindro lucía la bandera nacional, ondeando alegremente en la brisa matutina. Los viveros estaban cubiertos del rojo carmesí de la hierba y formaban una amplia extensión chillona interrumpida por sombras púrpura, que hacía mucho daño a la vista. La mirada pasaba, con alivio infinito, de los grises chamuscados y rojos plomizos de delante a la suavidad azul y verde de las colinas orientales.

Aún estaban reparando la línea de Londres que iba a la estación de Woking, así que me apeé en la estación de Byfleet y cogí la carretera hasta Maybury. Pasé por delante del lugar donde el artillero y yo habíamos hablado con los húsares, y por donde se me apareció un marciano. Movido por la curiosidad, en este último punto me desvié para encontrar, entre una maraña de frondas rojas, el carro combado y roto con los huesos blanquecinos del caballo, desperdigados y roídos. Permanecí un rato mirando esos restos...

Luego volví a través del pinar, en algunos lugares con la hierba roja hasta la altura del cuello, donde descubrí que el dueño del Spotted Dog ya había hallado sepultura. Llegué a casa pasando por el College Arms. Un hombre de pie ante una casita abierta me saludó por mi nombre al pasar.

Al mirar mi casa sentí una esperanza repentina que de inmediato se desvaneció. Habían forzado la puerta, y se estaba abriendo despacio mientras me aproximaba.

Volvió a cerrarse de golpe. Las cortinas de mi estudio se agitaban en la ventana abierta desde la que el artillero y yo habíamos observado el amanecer. Nadie la había cerrado. Los arbustos aplastados estaban tal como los había dejado hacía casi cuatro semanas. Tropecé en el recibidor, y sentí la casa vacía. La alfombra de las escaleras estaba arrugada y descolorida donde yo me quedé agazapado, empapado por la tormenta de la noche de la catástrofe. Nuestras pisadas embarradas seguían marcadas subiendo las escaleras.

Las seguí hasta mi estudio, y encontré aún en mi escritorio, con el peso de la selenita todavía encima, la hoja que dejé la tarde del día en que se abrió el cilindro. Pasé un rato leyendo mis argumentos abandonados. Era un artículo sobre el posible desarrollo de las ideas morales al progresar la civilización, y la última frase era el comienzo de una profecía: «dentro de unos doscientos años —había escrito— podemos esperar...». La frase terminaba abruptamente. Recordé que aquella mañana de hacía apenas un mes no podía concentrarme, y que salí a comprar el *Daily Chronicle* al repartidor. Recordé que bajé a la puerta del jardín cuando se acercó, y escuché su extraño relato sobre los «hombres de Marte».

Volví a bajar y entré en el comedor. Allí estaban el cordero y el pan, muy podridos, y una botella de cerveza volcada, tal como el artillero y yo los habíamos dejado. Mi casa estaba desolada. Me di cuenta de la locura que suponía haber albergado aquella débil esperanza durante tanto tiempo. Y entonces ocurrió algo extraño.

—No vale la pena —dijo una voz—. La casa está desierta. Hace diez días que aquí no ha venido nadie. No te quedes atormentándote. Solo tú te salvaste.

Me quedé perplejo. ¿Había dicho lo que pensaba en voz alta? Me volví, y vi la cristalera abierta detrás de mí. Di un paso hacia ella y me asomé a mirar.

Y allí, tan maravillados y asustados como yo, se hallaban mi primo y mi esposa, ella blanca y sin lágrimas. Mi esposa ahogó un grito.

—He venido... —murmuró—. Lo sabía, lo sabía...

Se llevó la mano a la garganta y se tambaleó. Me acerqué y la cogí entre mis brazos.

10
EPÍLOGO

No puedo sino lamentar, ahora que estoy concluyendo mi relato, lo poco que he podido contribuir a la discusión de las múltiples cuestiones debatibles que siguen sin resolverse. Aun así, quiero plantear un tema que sin duda suscitará críticas. Mi campo particular es la filosofía especulativa. Mis conocimientos de fisiología comparativa se reducen a uno o dos libros, pero me parece que las sugerencias de Carver respecto al motivo de la rápida muerte de los marcianos resultan tan probables que casi podrían considerarse conclusiones probadas. Así las he asumido a lo largo de mi explicación.

En cualquier caso, en los cuerpos de todos los marcianos que se examinaron tras la guerra no se hallaron otras bacterias salvo las que ya se conocen como especies terrestres. Que no enterraran ningún cadáver y la matanza temeraria que perpetraron también indican que ignoraban completamente el proceso de putrefacción. Sin embargo, por probable que resulte esta circunstancia, no se trata en modo alguno de una conclusión probada.

Tampoco se conoce la composición del humo negro, que los marcianos utilizaron con un efecto mortífero devastador, y el generador del rayo de calor sigue siendo un enigma. Los terribles desastres acaecidos en los laboratorios de Ealing y South Kensington han descorazonado a los analistas, que no siguen investigando sobre este último aspecto. El análisis espectral del humo negro indica la presencia inconfundible de un elemento desconocido con un conjunto brillante de tres líneas de color verde, y es posible que se combine con argón para formar un compuesto que actúa directa y letalmente sobre algún componente de la sangre. Pero estas especulaciones sin demostrar no interesarán al lector general a quien se dirige esta historia. La sustancia marrón que se deslizó por el Támesis tras la destrucción de Shepperton no logró analizarse, y ya no circula más.

Los resultados del análisis anatómico de los marcianos, en la medida en que los asaltos de los perros lo permitieron, ya se los he presentado. Todo el mundo conoce el magnífico espécimen que se conserva en alcohol, casi completo, en el Museo de Historia Natural y los incontables dibujos que de él se han hecho, y más allá de eso el interés por su fisiología y estructura es puramente científico.

Una cuestión más seria y de importancia universal es la posibilidad de otro ataque procedente de Marte. Me parece que no se ha prestado suficiente atención a este aspecto del asunto. Ahora mismo el planeta Marte se halla en conjunción, pero cada vez que vuelve a hallarse en oposición yo, por lo pronto, me temo que reanuden su aventura. En cualquier caso, deberíamos estar preparados. Me parece que tendría que poderse definir la posición del cañón desde el que se disparen los proyectiles, vigilar continuamente esa parte del planeta y anticiparse a la llegada del próximo ataque.

Si se diera el caso, el cilindro podría destruirse con dinamita o artillería antes de que se enfriara lo suficiente para que salieran los marcianos, o los cañones podrían derribarlos en cuanto se abriera. Me parece que han perdido una gran ventaja al fracasar su primer ataque sorpresa. Es muy posible que ellos piensen lo mismo.

Lessing ha sugerido motivos excelentes para suponer que los marcianos han logrado aterrizar en el planeta Venus. Hace ahora siete meses Venus y Marte estaban alineados con el Sol; es decir, Marte estaba en oposición desde el punto de vista de un observador de Venus. Posteriormente apareció una extraña mancha luminosa y sinuosa en la mitad sin iluminar del planeta interior, y casi al mismo tiempo se detectó una mancha oscura con las mismas características sinuosas en una fotografía del disco marciano. Hay que ver los dibujos de estas dos apariciones para apreciar su extraordinaria similitud.

De todos modos, tanto si esperamos otra invasión como si no, nuestras opiniones sobre el futuro humano deben modificarse mucho a raíz de estos sucesos. Ahora sabemos que no podemos considerar que este planeta esté protegido y asegurado para el hombre, pues eso nos impediría anticiparnos al bien o al mal desconocido que pueda sobrevenirnos de repente del espacio exterior. Es posible que, con relación al conjunto del universo, esta invasión de Marte acabe suponiendo un beneficio para los hombres: nos ha despojado de la confianza serena en el futuro, que es lo que más fomenta su decadencia, y ha contribuido enormemente a la ciencia humana y a promover la concepción del bien común de la humanidad. Tal vez, a través de la inmensidad del espacio, los marcianos observaron el destino de sus exploradores y aprendieron la lección, y hallaron en el planeta Venus un asentamiento más seguro. Sea como sea, tardaremos muchos años en dejar de escrutar con ansiedad el disco marciano, y esos ardientes dardos celestes, las estrellas fugaces, producirán al caer una aprensión inevitable a todos los hijos de los hombres.

Apenas puede exagerarse cómo se han ampliado las perspectivas del hombre tras lo sucedido. Antes de que cayera el cilindro, la gente estaba convencida de que en las profundidades del espacio no existía otra vida salvo la de la superficie insignificante de nuestra diminuta esfera. Ahora vemos más allá. Si los marcianos pueden llegar a Venus, no hay motivo para suponer que no pueden hacerlo los hombres, y cuando el lento enfriamiento del Sol provoque que esta Tierra se vuelva inhabitable, como acabará sucediendo, es posible que el hilo de la vida que empezó aquí se bifurque y atrape a nuestro planeta hermano en sus redes.

Vaga y maravillosa es la visión que he conjurado en mi mente de la vida extendiéndose despacio desde este pequeño semillero del sistema solar a través de la grandeza inanimada del espacio sideral. Pero se trata de un sueño lejano. Es posible, por otra parte, que la destrucción de los marcianos solo sea un aplazamiento. Puede que para ellos, y no para nosotros, sea el futuro al que estaban predestinados.

Debo confesar que la tensión y el peligro de aquellos días han generado una duradera sensación de duda e inseguridad en mi mente. Me siento en el estudio a escribir a la luz de la lámpara, y de repente vuelvo a ver en llamas el valle que ahora reverdece, y siento que a mi alrededor la casa está vacía y desolada. Salgo a Byfleet Road, y pasan los vehículos por mi lado, un aprendiz de carnicero en un carro, un coche de caballos lleno de visitantes, un obrero en bicicleta, niños que van a la escuela, y de repente se vuelven borrosos e irreales, y vuelvo a correr con el artillero a través del silencio cálido e inquietante. De noche veo el polvo negro oscureciendo las calles silenciosas, y los cuerpos contorsionados envueltos en él; se alzan hacia mí destrozados y mordisqueados por los perros, farfullan y devienen distorsiones de la humanidad más violentas, pálidas, feas y enloquecidas, hasta que finalmente me despierto, rebosante de frío y desdicha, en la oscuridad de la noche.

Voy a Londres y veo a las multitudes atareadas en Fleet Street y el Strand, y me parece que no son sino espíritus del pasado, que asolan las calles que he visto silenciosas y destrozadas, yendo de un lado a otro como fantasmas en una ciudad muerta, como caricaturas de la vida en cuerpos galvanizados. Y extraño, también, resulta estar en Primrose Hill, como hice el día antes de escribir este último capítulo, y ver la gran extensión de casas desdibujadas y azules a través del humo y la niebla, que acaban confundiéndose con la parte inferior del cielo, y ver a la gente caminando de un lado a otro entre los parterres en la colina, ver a los turistas en torno a la máquina marciana que aún permanece erguida allí, oír el tumulto de los niños jugando y recordar la época en que lo vi todo brillante y despoblado, duro y silencioso, bajo el amanecer de aquel último gran día...

Y lo más extraño de todo es volver a coger la mano de mi esposa y pensar que la conté, y ella a mí, entre los muertos.

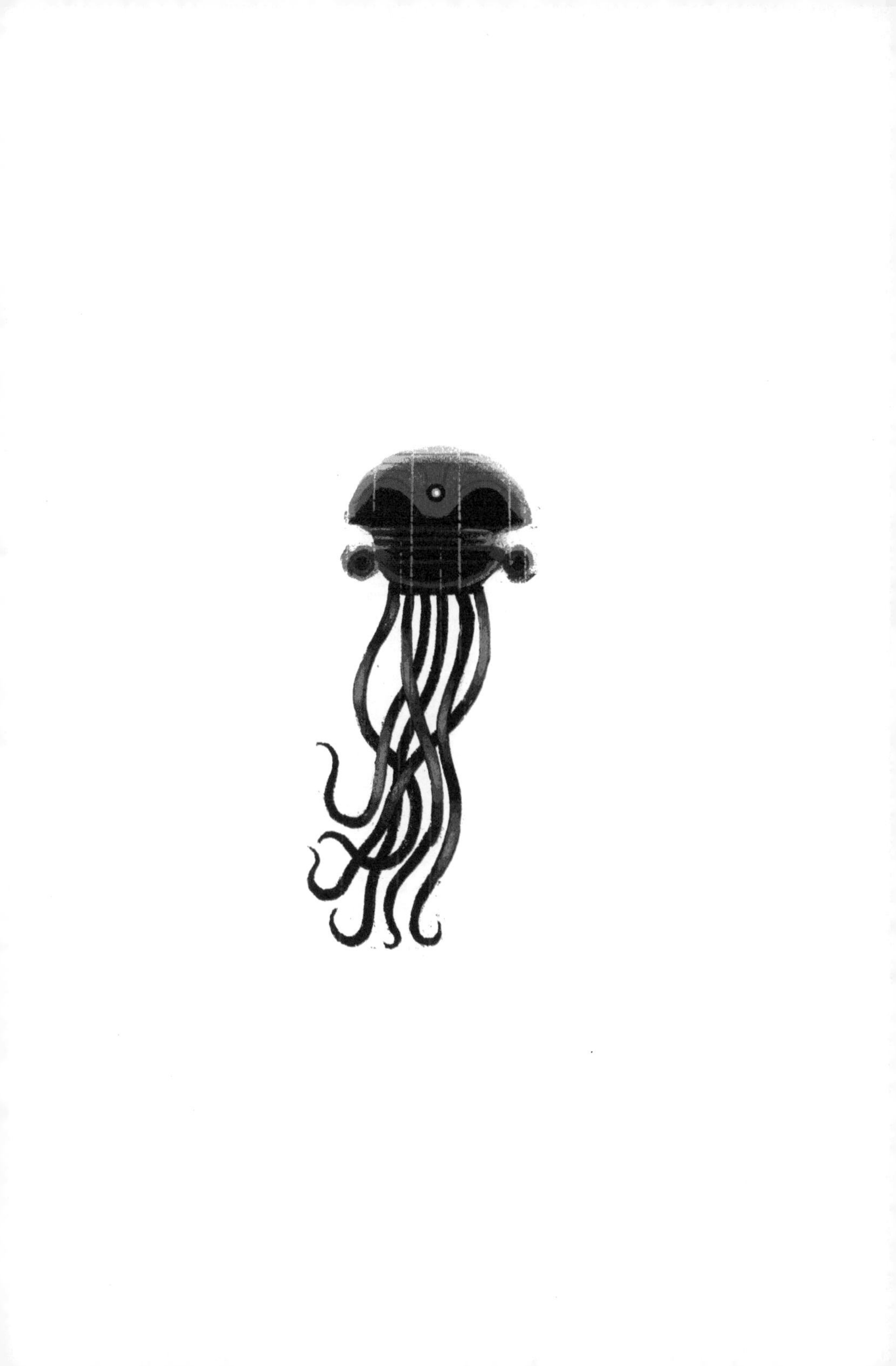